LA

TANTE SCHOLASTIQUE

RÉCITS

PAR

Mme MARIE-FÉLICIE TESTAS

TOURS

ALFRED MAME ET FILS

ÉDITEURS

BIBLIOTHÈQUE

DE LA

JEUNESSE CHRÉTIENNE

APPROUVÉE

PAR Mᴳᴿ L'ARCHEVÊQUE DE TOURS

5ᵉ SÉRIE IN-12

La tante Scholastique.   1

LA
TANTE SCHOLASTIQUE

RÉCITS

PAR

Mᵐᵉ **MARIE-FÉLICIE TESTAS**

TOURS
ALFRED MAME ET FILS, ÉDITEURS

—

1878

LA
FERME DE MAININVILLE

Faites vos préparatifs de départ, dit un jour M. Dutertre à sa femme et à ses enfants, en entrant dans la salle à manger, à l'heure du déjeuner ; nous partirons par le train de quatre heures pour aller chez la tante Scholastique. J'ai à traiter avec elle une affaire importante. Nous reviendrons lundi matin. Il n'est pas nécessaire de prendre des malles : un sac de voyage suffira pour chacun de nous. Par le fait, nous ne devons rester à Maininville que la journée de dimanche.

Élie, l'aîné des garçons, qui avait douze ans et se croyait un homme, ne manifesta pas une grande joie à l'annonce de ce départ. Mais les trois autres enfants, Florent, Agathe et Thérèse témoignèrent une vive satisfaction d'aller en chemin de fer. Il leur tardait que le déjeuner finît, afin de préparer ce qu'ils voulaient emporter pour ce voyage. Ils auraient, si on les eût laissés faire, pris tous leurs habits et tout le linge de la maison. La maman mit bon ordre à cet empressement en désignant ce qu'il fallait mettre dans les sacs pour chacun des enfants.

M. Dutertre et sa famille, habitant l'île Saint-Louis, n'étaient pas loin de la gare d'Orléans. Ils s'y rendirent à pied, et prirent leurs billets pour Étampes.

Un compartiment de première classe se trouva presque plein avec le père, la mère et les quatre enfants.

Aucun étranger n'étant venu les gêner, les petits firent mille folies.

Le trajet du chemin de fer dura deux heures. Mais à Étampes il fallut attendre la voiture que Mlle Scholastique Dutertre devait envoyer à son frère pour le transporter lui et sa famille, à la ferme de Maininville, située en pleine Beauce.

Après une petite demi-heure d'attente, ils virent venir une espèce d'antique fourgon conduit par un vieux bonhomme en sabots.

Ce cocher rustique s'excusa, au nom de la

tante Scholastique, d'amener un pareil équipage pour transporter une famille parisienne.
Mais la voiture de Mlle Dutertre était cassée,
et, pour cette cause, chez le charron. On avait
été obligé de prendre le premier véhicule
trouvé.

Ce fut en riant aux éclats que les enfants
se hissèrent dans cette carriole. Une énorme
botte de paille, placée dans le fond, servit de
siége aux quatre enfants, serrés comme des
sardines dans un baril.

M. et Mme Dutertre prirent place sur une ban-
quette peu rembourrée, tandis que Baptiste,
le vieux domestique, s'installait avec une
chaise sur le devant de la carriole.

La famille Dutertre était partie de Paris en
plein soleil; l'automne finissait à peine. L'air,
encore assez doux, semblait promettre plusieurs beaux jours. Cependant, à mesure qu'on
approchait de Maininville, le soleil se voi-
lait de gros nuages grisâtres; un grand vent
s'éleva emportant ce qui restait de feuilles
aux arbres, et faisant entendre un grand
bruit de branches froissées. Quelques flocons
de neige, qui tourbillonnaient dans l'air,
changèrent ce temps calme de l'automne en
sombre et triste hiver.

Les enfants riaient; la neige, le vent, le froid même, venus subitement, les amusaient.

Le papa, la maman, le vieux conducteur ne riaient guère; peut-être parce qu'ils étaient gelés sur le devant de cette charrette découverte.

A mesure qu'on avançait, entraînés par un cheval vigoureux, la neige tombait épaisse et drue.

Enfin on arriva à la ferme.

Il était temps! quelques lieues encore, et ce voyage d'agrément fût devenu un supplice.

La tante Scholastique attendait les voyageurs à la porte. Elle les reçut avec plaisir, et les fit entrer dans une vaste cuisine où ils trouvèrent un grand feu qui réchauffait cette pièce en l'égayant.

Les voyageurs transis entourèrent la cheminée avec une joie bien vive.

Florent, Agathe et Thérèse renouvelèrent connaissance avec le chien de garde et les chats de la maison, tandis que M. et Mme Dutertre et Élie se chauffaient.

Pendant ce temps-là, Mlle Scholastique préparait le souper.

A l'époque de ce voyage que je vous retrace, Mlle Scholastique avait cinquante ans, et toutes les allures d'un homme.

Un gros nez bourgeonné, de petits yeux enfoncés, de la barbe et des moustaches, une tournure droite et roide, un costume noir d'une propreté recherchée, voilà le portrait de Mlle Scholastique Dutertre. Il fallait la fréquenter beaucoup pour l'apprécier. Mais, quand on la connaissait, on ne pouvait s'empêcher de l'aimer et d'admirer son caractère ferme et doux.

Sœur de père de M. Dutertre, Mlle Scholastique, qui avait quinze ans de plus que lui, remplaça sa mère morte jeune. Ce frère, qui l'aimait et la vénérait, ne faisait jamais aucune chose importante sans la consulter. Plusieurs fois par an il amenait toute sa famille à ce Maininville, que Mlle Dutertre n'avait jamais voulu quitter.

Quoique bien bonne, tante Scholastique paraissait rude et sévère. Ses neveux étaient en crainte devant elle; aussi, quand ils venaient passer quelques jours à la ferme, ils couraient dans les champs la journée tout entière, paraissant à la maison seulement pour les repas et le repos.

Ils espéraient donc, encore cette fois, se

soustraire à la contrainte que la tante leur inspirait. Nos petits enfants comptaient bien que la neige ne les empêcherait pas de courir dans les champs.

Ils dînèrent de bon appétit, et, comme la route avait été rude, tout de suite après le souper leur mère alla les coucher. M. Dutertre et sa sœur restèrent près du feu, causant de leurs affaires.

Grand désappointement, le lendemain, au réveil de la bande enfantine. Un pied de neige couvrait la terre et il gelait à pierre fendre.

Impossible de sortir ! Il fallut se résigner à passer le temps dans la cuisine, seule pièce de la maison où l'on faisait du feu. Je dois dire que la moitié d'un arbre alimentait ce brasier-là.

On voulut, cependant, aller à la messe dans un village à une lieue environ de la ferme. Le vieux Baptiste attela le cheval à la vieille carriole ; mais la neige couvrait les chemins, et l'attelage faillit tomber dans un fossé. Il fallut renoncer à faire la route et rentrer au plus vite.

M. Dutertre et sa famille durent également se résigner à prolonger leur séjour à la ferme ; on ne pouvait sans danger s'aventurer ainsi ; l'essai qu'on venait de faire pour aller à l'église le prouvait assez.

Cette journée se passa bien. Un va-et-vient de domestiques, d'ouvriers, qui racontèrent les incidents causés par cette neige et ce froid précoce, donnèrent quelques distractions aux enfants. On prolongea le repas, ne pouvant faire mieux. Mais à la fin du souper les domestiques et les ouvriers se retirèrent; il ne resta que la famille réunie autour du feu.

Les enfants faisaient de vains efforts pour s'amuser. Dès qu'ils s'éloignaient du feu, ils gelaient; lorsque quelques rires éclataient, tante Scholastique posait son tricot sur ses genoux, et, regardant la bande enfantine par-dessus ses lunettes, avec ses petits yeux noirs si vifs, toute gaieté disparaissait; ce n'était pas cependant pour les gronder. Les pauvres petits restèrent ainsi trois grandes heures dans l'inaction la plus complète. Il était impossible de lire à la lueur d'une lampe fumeuse; d'ailleurs il n'y avait d'autre livre dans la ferme, à l'usage de la tante, qu'un vieux *Manuel d'agriculture* et plusieurs ouvrages sérieux.

La seconde soirée s'annonça plus tristement encore. Les quatre enfants bâillaient à qui mieux mieux, regardant à chaque instant la marche de l'énorme coucou, dont le balancier faisait le seul bruit qu'on entendît dans cette sombre cuisine.

M. Dutertre, de temps en temps, regardait d'un air de pitié sa petite famille, ne sachant que dire ni que faire pour la distraire.

Tout à coup il dit à sa sœur :

« Scholastique, sais-tu encore ces histoires dont tu amusais mes veillées quand j'étais petit?

— J'ai peur de les avoir oubliées, répondit-elle; je n'ai jamais eu, depuis, l'occasion de les raconter à personne.

— Si tu essayais de te les rappeler, cela amuserait les enfants, car moi je m'en amusais beaucoup. »

Toutes les petites mines s'animèrent dans l'espoir d'un récit, même celle du grave Élie.

Tante Scholastique se recueillit un instant, chercha dans sa mémoire, et enfin raconta une histoire.

La famille Dutertre, retenue par la neige, passa une semaine à la ferme de Maininville, et chaque soir la tante Scholastique leur fit des récits nouveaux.

Voici ceux qui intéressèrent le plus ses neveux.

LES QUATRE OLIVERO

Dans un village de la haute Savoie nommé Chamounix, devant la porte d'une chétive cabane délabrée et tombant en ruines, une pauvre femme tout en larmes serrait tour à tour dans ses bras quatre petits garçons qui pleuraient comme elle.

Le plus grand portait sur son dos une vielle.

Le second tenait une marmotte.

Le troisième avait un costume de ramoneur, de larges plaques de cuir à son pantalon et une raclette à sa ceinture.

Le quatrième enfin était chargé d'un paquet d'habillements.

La pauvre mère, car c'était leur mère, ne cessait de les embrasser et les engageait à prier Dieu, le père des orphelins, afin qu'il les préservât de tout accident pendant le long voyage qu'ils allaient entreprendre.

La misère les chassait de leur village. Leur père était mort, et, pendant sa longue maladie, il avait fallu vendre un coin de terre entourant la maisonnette; puis, pièce à pièce, les ustensiles et les meubles du ménage. Enfin il vint un jour où la veuve et les enfants durent se coucher sans avoir mangé !

Il fut donc décidé que les fils de Reine Olivero iraient à Paris, comme tant d'autres, pour gagner leur vie.

Ils n'avaient pas de profession, étant tous trop jeunes; mais Jacquet, l'aîné, jouait de la vielle; Tomy, le second, avait dressé une marmotte à faire l'exercice, danser, sauter et cabrioler; Pierret ramonait très-proprement une cheminée. Quant à Kaqui, le quatrième, il ne savait rien du tout. Il était bien petit, mais sa voix était si douce, ses yeux si beaux et si tendres, que l'on comptait sur lui plus encore que sur les autres. Il semblait impossible que personne pût lui refuser un petit sou.

Le curé du village, consulté sur ce projet de départ, l'avait approuvé. Ce bon et excellent homme jugeait que dans ce pauvre Chamounix et dans ses environs l'on ne pouvait attendre ni secours ni travail. Il donna un peu d'argent pour faire la route, et indiqua les villes que les enfants auraient à traverser. Nos petits voyageurs devaient passer par Annecy, Saint-Jean-de-Maurienne, Chambéry, Lyon et Besançon.

Ce n'était pas, assurément, le chemin le plus court pour arriver à Paris; mais, en faisant cette longue route, les enfants de la montagne se dégrossiraient, et, en arrivant dans la grande ville, seraient moins embarrassés. De plus, le curé avait à Lyon une parente riche et charitable, et il espérait qu'elle viendrait en aide aux pauvres orphelins.

Le moment où je vous représente cette famille en larmes est l'instant si triste de la séparation.

Les derniers adieux faits, ils allaient partir, lorsque la mère les rappela pour les embrasser encore et leur donner sa bénédiction.

Ils se mirent en route, bien désolés, et retournèrent souvent la tête vers l'endroit où ils laissaient leur mère. Tout en marchant, chaque chose leur rappelait ce qu'ils aimaient. Là, l'église du village, à quelques pas le cimetière et la croix de bois qui marquait la tombe de leur père. Tous quatre pleuraient en silence à chacun des pas qui les éloignait de tout ce qui leur était cher.

Après deux jours de voyage ils arrivèrent à Chambéry.

Sur une belle place, encore timides et bien tristes, ils firent l'essai de leur talent.

Jacquet joua quelques airs.

Tomy fit danser sa marmotte.

Le petit Kaqui, ses blonds cheveux au vent, son bonnet de laine à la main, fit le tour du cercle que la danse avait attiré.

Intéressés par la jeunesse des quatre enfants, plusieurs des spectacteurs laissèrent tomber quelques sous.

Tout compte fait, il y en eut vingt-trois. Nos Olivero en furent si heureux qu'ils seraient volontiers revenus au pays pour montrer ce trésor à leur mère.

Mais Jacquet, comme chef de la bande, jugea plus sage de continuer la route.

Ils se dirigèrent vers Lyon, chantant par ci, dansant par là, toujours bien accueillis des braves gens qu'intéressait leur gentillesse.

Un jour qu'ils se reposaient sur un banc devant la porte d'une modeste auberge située sur la grande route, un roulier conduisant une voiture vint s'asseoir auprès d'eux. Après quelques instants il se leva pour continuer son chemin.

De leur côté nos Savoisiens se disposaient à chercher un abri, afin d'y passer la nuit, lorsque l'un d'eux vit un sac de cuir à la place où ils étaient assis.

Tomy, l'ayant pris, s'aperçut qu'il contenait beaucoup d'argent, et se souvint de l'avoir vu dans les mains du roulier.

« Pauvre homme, dit-il à ses frères, quel sera son chagrin quand il s'apercevra qu'il a perdu sa bourse !

— Si nous courions après lui, répondit Jacquet, nous pourrions le rattraper... il suit la route de Lyon. »

Ils se trouvèrent tous de cet avis, et, sans délibérer davantage, partirent vivement.

Mais la voiture était déjà bien loin, et leurs petites jambes eurent beaucoup de peine à la rejoindre.

Quand ils furent à portée d'être entendus : « Monsieur, s'écria Jacquet, Monsieur, vous avez perdu quelque chose. »

Le roulier regarda dans sa voiture, fouilla ses poches... « Ah ! s'écria-t-il à son tour, ma bourse !

— La voilà, dit Jacquet, nous l'avons trouvée sur le banc où vous vous êtes assis près de nous.

— C'est vrai, je vous reconnais; merci, chers enfants; vous avez dû bien courir pour me rattraper.

— Oh! oui, ajouta Jacquet, sans cela nous n'aurions su comment vous rendre votre bien.

— Mais vous auriez pu la garder, cette bourse; je ne serais certes pas allé vous la réclamer.

— Monsieur, dit Tomy, notre mère nous a toujours dit que le septième commandement de Dieu défendait de prendre ou de garder le bien des autres.

— Braves enfants! Dieu vous récompensera de votre bonne conduite. Mais où allez-vous donc, pour être si tard sur la grande route?

— Oh! Monsieur, nous avons voulu avant tout vous rejoindre, et nous n'avons pas fait attention si nous allions être surpris par la nuit. Nous avions intention de partir demain pour Lyon.

— Je vais aussi dans cette ville, et puisque nous suivons le même chemin, vous allez monter dans ma voiture, car vous devez être très-fatigués. »

Nos petits-voyageurs acceptèrent bien vite, car ils étaient las.

La voiture, remplie de plusieurs ballots de laine, leur offrit comme une espèce de lit où ils s'endormirent, ainsi que des marmottes, et ils arrivèrent à Lyon sans fatigue.

Le brave homme qui les avait pris sous sa protection les fit déjeuner avec lui, leur souhaita bonne chance, et continua sa route par un autre côté, après les avoir embrassés et bien remerciés.

Leur première idée, en se trouvant à Lyon, fut de chercher la bonne parente de leur curé.

Hélas! elle était partie pour la campagne, ainsi que toute sa famille. Cela les attrista.

Ils demandèrent le chemin de l'église pour prier Dieu, et le remercier de les avoir préservés d'accidents.

Dans le lieu saint ils trouvèrent, agenouillé en un coin, un homme vêtu d'une veste grise, culotte courte, chapeau rond à larges bords, orné d'une fière plume de coq.

Tomy, attiré par son costume, s'en alla tourner autour de lui, l'examina, et, oubliant qu'il était dans la maison du bon Dieu, il se mit à crier :

« C'est Marien! »

Ce nom de Marien retentit dans toute l'église et attira le bon vieux suisse.

Kaqui s'empressa d'excuser Tomy, en lui disant que son frère venait de crier en reconnaissant, dans l'homme agenouillé, un chaudronnier de leur pays.

Le suisse se contenta de cette excuse, tout en exigeant que la reconnaissance s'achevât à la porte.

Marien raconta comme quoi il allait à Paris. Les Savoisiens lui apprirent qu'ils y allaient aussi, et on décida qu'on se mettrait en route ensemble le lendemain matin.

Le bon chaudronnier les invita à souper. Quelle bonne soirée ils passèrent, ces pauvres enfants! Quelle joie pour eux de parler avec Marien du pays. Ils furent bien heureux d'avoir déjà trouvé un ami.

Au point du jour ils se mirent en route. La bourse de Marien adoucit beaucoup la fatigue du voyage.

Quinze jours après avoir quitté Reine, leur bonne mère, nos voyageurs, par une belle soirée, firent leur entrée dans la capitale de la France.

Marien les installa chez une marchande de ferraille, la mère Perrot, qui aimait beaucoup les Savoisiens, étant elle-même de ce pays.

Les quatre Olivero lui plurent; elle voulut les loger pour rien, en attendant qu'ils eussent gagné quelque chose.

Elle les régala d'une bonne tranche de jambon, et les installa dans une chambrette assez bien meublée.

Marien ne put rester longtemps auprès d'eux, son patron habitant un quartier éloigné de celui où il les avait conduits. Il promit de revenir souvent les voir, les recommanda à la bonne mère Perrot, et leur indiqua les endroits où ils pourraient aller faire danser la marmotte, laissant le reste à la garde de Dieu.

Les pauvres petits eurent le cœur bien gros après le départ de Marien. Ils entendaient, au loin, le bruit des voitures et le bourdonnement des milliers de gens qui se croisaient sans cesse dans les rues de la ville. Ce bruit les rendit encore plus tristes. Ils se trouvaient bien isolés, loin de leur mère, loin de tout ce qu'ils aimaient.

Pour se distraire ils résolurent de sortir. Leur hôtesse logeait non loin de l'église Notre-Dame. Ce fut donc en face de ce beau monument qu'ils firent, tout d'abord, l'essai de leur talent. Les sous qu'on leur donna les encouragèrent à aller plus loin.

Peu à peu ils s'enhardirent.

Jacquet, assez robuste, faisait de temps en temps des courses pour un vieux commissionnaire. Par ce moyen il apprit à connaître la ville.

Il ramassa assez d'argent pour donner en dépôt à Mme Perrot une somme de 10 francs 40 centimes qu'il destinait à leur chère mère, sans compter qu'il avait fait l'achat de quelques habits. Aucun de ces enfants ne dépensait un sou mal à propos. Ils ne se laissaient tenter ni par la galette, si appétissante, ni par les gâteaux. Les pommes de terre frites, les beignets n'avaient pu faire faillir leur résolution. Du pain et du fromage composaient seuls leur repas ; encore ne mangeaient-ils jamais sans parler de leur mère Reine, qui ne se nourrissait guère que de pain noir.

Un jour qu'ils traversaient la place de l'Odéon, rentrant plus tôt que de coutume, mouillés par une pluie d'orage qui chassait tout le monde, ils entendirent, sous les arcades du théâtre, des plaintes et des gémissements. S'étant approchés, ils virent un élégant petit garçon pleurant, la tête cachée dans ses mains.

Jacquet lui demanda ce qu'il avait.

Le petit garçon leva la tête et répondit qu'il s'était éloigné de sa bonne en jouant dans le jardin du Luxembourg, et, ne l'ayant plus retrouvée à la place où il l'avait laissée, il s'était réfugié sous les arcades.

Là-dessus il se remit à pleurer.

«Où demeurez-vous, mon petit Monsieur?» demanda Jacquet.

L'enfant, étonné qu'on lui fit une semblable question, répondit :

« Je demeure dans une belle maison.

— Comment s'appelle votre papa?

— Il se nomme Albert, et maman Louise.

— Et la rue où est votre maison, savez-vous son nom?

— Je ne m'en souviens plus; mais j'ai bien faim, je voudrais bien être chez moi.

— S'il a faim, dit Kaqui, il faut l'emmener, nous lui donnerons un morceau de pain. »

L'avis de Kaqui fut trouvé bon.

Le petit enfant, qui avait faim, qui avait peur, prit, en pleurant, la main que Kaqui lui offrit.

Au souper, on donna au petit inconnu une part du repas journalier.

Mais il était bien triste, et Kaqui lui disait

souvent : « Il ne faut pas pleurer, mon petit Monsieur, nous retrouverons votre maman, allez ; en attendant nous vous donnerons du bon pain blanc et nous vous ferons danser la *Lisonne*. »

La marmotte de Tomy s'appelait la *Lisonne*, parce qu'il l'avait prise près d'un ruisseau qui portait ce nom. Elle fit la morte, sauta pour ses petits maîtres, se mit en boule et se laissa rouler. Pour la récompenser, on lui donna du lait dans une assiette, et, tandis qu'elle le léchait avec bonheur, un chat, qui n'avait pas été convié à la fête, se faufila près du régal de la marmotte, qui, furieuse, allongea plusieurs coups de griffe à l'effronté et courut se cacher dans sa boîte pleine de foin, en faisant entendre un sifflement si aigu que le matou, effrayé, lâcha le lait et se sauva.

En entrant dans la chambrette des Olivero, notre petit inconnu fut étonné de la trouver si triste, si délabrée.

Il devait avoir chez lui un plus bel ameublement.

Avant de se coucher, nos Savoisiens dansèrent au son de la vielle, et le petit garçon, qui s'appelait Victor, rit de tout son cœur des gambades de ses nouveaux *amis*.

Le chagrin ne dure pas quand on a six ans. Le sommeil s'étant fait sentir, Victor se coucha avec Kaqui.

Le lendemain, il pleurait un peu moins.

La mère Perrot lui promit de chercher sa maman dès qu'elle irait mieux, car la bonne femme s'était blessée à la jambe.

La cuisine des Savoyards, comme vous le savez, n'était pas très-succulente; mais ils étaient si bons, ils savaient tant de chansons si drôles, la marmotte était si divertissante, que le petit Victor attendit, sans trop d'impatience, le moment de retrouver ses parents.

Kaqui passa quelques journées avec Victor, afin de l'amuser de son mieux; mais le petit éveillé manquait à la bande. A peine si ses frères purent ramasser quelques sous. Il fallut donc les suivre, et Victor resté seul pleura toute une journée.

Le soir, les Olivero lui portèrent des gâteaux, auxquels il ne voulut point goûter sans les avoir partagés entre tous.

Il avait eu tant de chagrin tout seul, qu'il les supplia de l'emmener avec eux jusqu'au moment où il retrouverait son papa Albert et sa maman Louise.

On l'habilla de la veste et du pantalon des

dimanches de Kaqui, et, sous ce costume, personne n'aurait pu reconnaître l'élégant petit enfant perdu dans le jardin du Luxembourg.

Victor était pour nos Savoisiens un surcroît de dépense. Délicat, faible, il ne pouvait s'accoutumer à leur nourriture.

Jacquet, le plus raisonnable des quatre frères, comprit qu'il lui fallait autre chose que du pain et du fromage. Chaque soir, une partie de la recette servait à acheter quelques friandises au doux enfant qui était déjà aimé par les Olivero comme un cinquième frère.

Un jour qu'ils étaient rassemblés près d'un bel hôtel, ils en virent sortir un beau monsieur.

Kaqui tira vivement sa casquette, et, s'approchant de ce monsieur qui s'était arrêté pour lire des affiches, il demanda :

« Un *petit sou*.

— Va-t'en... je n'en ai pas... je n'ai rien à te donner, lui fut-il répondu.

— Mon bon Monsieur, reprit Kaqui sans se déconcerter, un *petit sou pour l'amour du bon Dieu*.

— Je n'ai rien, te dis-je.

— Oh! rien qu'un petit sou; nous sommes

de braves enfants de la Savoie, nous chantons et dansons pour ramasser des sous à notre mère. »

Sa casquette à la main, les yeux suppliants, il répétait : un *petit sou,* avec tant d'insistance, hélas! que des agents de police, passant par là, arrêtèrent les cinq enfants, demandant l'aumône dans la rue.

Arrêtés! les fils de la pauvre Reine!... Ils faillirent devenir fous de douleur, ne pouvant pas comprendre qu'il ne leur serait fait aucun mal.

Grande fut la peine de la vieille mère Perrot quand elle ne les vit pas rentrer au logis. Elle apprit bientôt leur arrestation; mais, sa maladie s'étant aggravée, elle ne put aller les réclamer.

Quelques jours plus tard, la pauvre femme était morte.

Les cinq enfants restèrent en prévention pendant trois semaines.

Au tribunal, les juges se sentirent attendris par l'air triste de ces pauvres petits, et plus encore par les larmes de Kaqui, voulant à toute force se mettre à genoux pour les prier de les laisser sortir.

On déposa que nos cinq infortunés avaient été pris en état de vagabondage.

Tomy dit que ça n'était pas vrai. Quoiqu'on lui imposât silence, il s'écria plus fort :

« Nous ne sommes pas des vagabonds, mais des enfants de la Savoie; allez le demander à M. le curé de Chamounix... Nous jouons de la vielle, nous chantons, et nous faisons danser une marmotte pour gagner de l'argent à notre mère. Moi, je m'appelle Tomy Olivero; mon frère le plus grand, Jacquet Olivero; le troisième, Pierret Olivero; et le tout petit, Kaqui Olivero; nous sommes les enfants de David et de Reine Olivero... Allez demander si ça n'est pas vrai. »

Tout le monde se mit à rire à cette enfilade d'Olivero; mais le juge, de sa voix grave, continua à les interroger.

« Ce cinquième enfant n'est donc pas votre frère?

— Oh! que non, dit Kaqui, c'est un petit monsieur qui s'est perdu dans un grand jardin et que nous avons pris avec nous, parce qu'il avait faim et qu'il pleurait. »

A ces mots de « petit monsieur perdu », un avocat, à la figure pâle et souffrante, leva la tête, regarda les cinq enfants et, sautant par-dessus les bancs et les chaises, s'élança près de Victor. Ce dernier poussa un seul cri :

« Papa Albert!... » C'était le père de Victor.

Il ne fut plus question d'emprisonner les pauvres Savoisiens. M. de M... expliqua la disparition de son petit garçon, que la police cherchait de tous côtés depuis deux mois; il raconta sa douleur, celle de sa femme et de la bonne, cause involontaire de l'événement.

M. Albert de M... voulut conduire sans retard son cher enfant à sa mère. Mais Victor demanda à être suivi de ses amis, sans oublier la marmotte. Son père comprit tout ce qu'il devait au bon cœur de ces petits paysans. Il déclara se charger d'eux en les emmenant tous chez lui.

Jugez combien la pauvre maman de Victor fut heureuse! Elle l'embrassait sans pouvoir s'en lasser, embrassant aussi ces chères créatures qui avaient recueilli son fils.

Les gros souliers ferrés, les vestes de bure, les figures tant soit peu barbouillées de nos amis, faisaient contraste avec les beaux meubles de soie, les glaces, les dorures de l'appartement du papa de Victor. Ce dernier se mit à rire de l'air embarrassé des quatre frères, qui n'osaient marcher dans les belles chambres que Victor leur montrait en leur disant :

« Vous êtes ici chez vous, vous êtes mes frères... Papa Albert l'a dit. »

Le lendemain, les grossiers vêtements des Olivero firent place à des habits plus convenables.

M. Albert de M... écrivit au curé de Chamounix, auquel il raconta ce que ses jeunes paroissiens avaient fait pour son fils. Il le pria de remettre de l'argent à la mère Reine et de lui annoncer qu'il se chargeait de l'avenir de ses quatre garçons.

Pendant huit jours M. et Mme de M... firent visiter à leur fils et aux Olivero tout ce qu'il y a de curieux à Paris pour les enfants; puis on les installa tous dans une pension, et plus tard au lycée.

Tomy, ne pouvant espérer introduire au collége sa chère *Lisonne,* la confia à M. de M..., qui promit de la soigner de son mieux, et pour cela il l'installa à la cuisine, où notre bête put se régaler de lait tout à son aise. Il va sans dire que tous les chats du logis furent expulsés de cette pièce.

Leur éducation achevée, les cinq garçons prirent une profession, chacun selon son goût.

Jacquet devint un bon musicien, Tomy un imprimeur, et Pierret un peintre.

Quant à Kaqui, il ne voulut jamais quitter Victor. Il le suivit donc dans une école de marine, et plus tard il fut nommé, comme lui, officier sur un grand vaisseau.

L'année passée, j'allai à Chamounix. A la place de la vieille cabane de Reine Olivero, on avait bâti une gentille maisonnette. Elle était entourée d'un jardin et d'une grande prairie dans laquelle paissaient deux belles vaches, sous la garde d'une servante.

Je vis la mère Olivero, assise devant la porte de sa maison. Bien vêtue, elle paraissait heureuse.

Je la complimentai sur ce changement, et elle m'apprit que ses fils avaient fait rebâtir la vieille masure qui tombait en ruines, racheté le champ, qui avait été précédemment vendu, et qu'ils lui faisaient tous une pension. Chaque année ils venaient la voir. Victor se joignait à eux, et la bonne Reine, dans son amour maternel, l'avait adopté comme son cinquième enfant.

LA

PETITE MARRAINE

—

Aline Germond, à l'âge de huit ans, fit une grave maladie, dont elle guérit.

Le médecin qui la soignait dit à sa mère qu'il fallait éviter, autant que possible, de la contrarier. Jugez combien de précautions on dut prendre afin d'empêcher ses larmes de couler.

Cet état maladif dura un an.

On amena Aline à la campagne, d'où elle revint rose, grasse, fleurie, forte et tout à fait changée, quant au physique. Mais, hélas! pendant cette année où l'on avait été forcé de lui passer tous ses caprices, elle prit de telles habitudes que sa pauvre mère ressentait bien du chagrin et de l'inquiétude, ne sachant

trop comment faire pour discipliner cette re-
belle.

Volontaire, entêtée, turbulente, désobéis-
sante, la maison n'était plus tenable, dès
qu'Aline revenait du couvent, où heureuse-
ment elle passait la plus grande partie de la
journée.

Un soir, en rentrant du Sacré-Cœur, la fillette trouva couché dans un berceau un joli
petit frère que le bon Dieu venait de lui envoyer.

Aline le regarda longuement et prit ses
petites mains dans les siennes. D'ordinaire,
quand elle rentrait de pension, elle courait par
toute la maison comme une petite folle, grim-
pait sur les fauteuils ou encore sur les tables.
Ce jour-là, elle plaça une chaise près du
berceau de ce nouveau-né et s'assit près de
lui sans remuer, contemplant silencieusement
ce petit être.

Une dame vint visiter sa mère, et, après
avoir regardé l'enfant, demanda quand on le
baptiserait.

« Dans quelques jours seulement, répondit
la maman ; sa marraine, une de mes amies,
ne peut venir encore pour cette cérémonie.

— Vous devriez alors le faire ondoyer, car

s'il venait à mourir, vous auriez bien des regrets !

— Nous espérons bien qu'il vivra ; voyez comme il est gros et fort ; je suis cependant très-contrariée que sa marraine ne soit pas ici, nous l'aurions fait baptiser tout de suite.

— Pourquoi ne prenez-vous pas votre petite Aline pour marraine de son petit frère ? elle a l'âge voulu.

— Oh ! oh ! elle est trop désagréable, on n'en peut rien faire ; d'ailleurs, je n'y ai pas même pensé. »

Aline écoutait tous ces récits et ne disait mot.

Rosine, sa bonne, eut beaucoup de peine à l'arracher de la place qu'elle avait choisie près du berceau. Enfin, le sommeil la gagnant, elle se laissa entraîner par cette fille.

Tout en se déshabillant, Aline lui dit :

« Qu'est-ce donc que baptiser un petit enfant, Rosine ?

— C'est en faire un chrétien, répondit-elle ; vous avez dû lire ça dans votre catéchisme ?

— Mais, ajouta Aline, Mme de Noirac a dit à maman qu'on devrait ondoyer mon petit frère parce qu'il pourrait mourir. Qu'est-ce donc qu'ondoyer ?

— C'est un baptême provisoire; mais Dieu nous préserve qu'il meure, le pauvre petit, avant d'avoir été baptisé; sa petite âme n'irait pas au ciel.

— Où irait-elle?

— Dans les limbes, où vont les âmes des petits enfants qui meurent sans baptême.

— Et quand ils sont baptisés, les nouveau-nés, ils ne meurent pas?

— Si; mais ils vont au ciel avec les anges.

— Moi, je veux qu'il aille au ciel, mon petit frère, et je voudrais bien aussi être sa marraine. Maman a dit que je n'étais pas assez sage. Il faut donc l'être?

— Je crois bien; on doit à son filleul, d'abord, le bon exemple; car on répond de lui devant Dieu, et ensuite il faut savoir ses prières.

— Si tu voulais, toi, demander à maman de me mettre marraine du petit frère, je deviendrais sage, et je lui donnerais de bons exemples.

— Ce serait bien impossible, vous ne voulez écouter personne, et tout le long du jour vous ne faites que des sottises.

— Je t'écoute bien, toi, Rosine.

— Oui, quand ça vous plaît; mais vous

devez, par-dessus tout, obéir à votre père, à votre mère, ce que vous ne faites jamais.

— Essaie de me commander quelque chose, tu verras si je n'obéis pas tout de suite?

— Alors, commencez par faire votre prière, et puis couchez-vous tranquillement. »

Aline se mit à genoux, fit sa prière, plaça ses habits sur une chaise et se coucha, après avoir dit bonsoir à sa bonne, ce qu'elle ne faisait pas d'ordinaire.

Le lendemain, Rosine s'étonna bien de voir sa petite maîtresse se levant paisiblement et se laissant habiller, sans courir comme une folle tout autour de la chambre. Elle se fit également peigner, se prêtant à sa toilette de la meilleure grâce du monde.

Dès qu'on lui permit d'entrer dans la chambre de sa mère, elle alla l'embrasser et s'installa près du petit frère, dont elle admira les petites grimaces.

Tout en déjeunant, elle demanda à sa bonne ce qu'il fallait savoir pour être marraine.

« Plusieurs prières : Je crois en Dieu, Notre Père qui êtes aux cieux, Je vous salue Marie, que vous n'avez jamais voulu apprendre.

— Mais je les sais ; tiens, écoute, je vais te les réciter tout entières sans me tromper. »

Et Aline dit, sans manquer un mot : Notre Père et Je vous salue Marie, ainsi que le *Credo*.

« Pourquoi donc vous trompez-vous toujours quand je vous fais répéter vos prières?

— C'est que je pense à autre chose, ou que je veux te taquiner; mais je ne te taquinerais plus jamais, si tu voulais demander à maman qu'elle me prenne pour marraine, à la place de son amie, puisque je sais tout ce qu'il faut savoir.

— Je vous l'ai déjà dit : vous n'êtes pas assez sage.

— Puisque je veux le devenir!

— Devenez-le d'abord, et nous verrons après. »

Pendant plusieurs jours, la conduite d'Aline fut parfaite; elle obéissait avec promptitude et gaieté. Si bien que son père s'aperçut de sa bonne tenue et lui en fit compliment.

« Je suis sage, lui dit-elle, parce que je voudrais être la marraine de mon petit frère, et que Rosine prétend qu'il faut l'être afin de lui donner de bons exemples.

— Avez-vous remarqué, dit le père d'Aline à sa femme, combien notre petite fille est raisonnable depuis quelques jours?

— Oui, répondit cette dame, et cela me cause une grande joie.

— Savez-vous pourquoi elle est si changée ?

— Non, en vérité.

— C'est qu'elle désire vivement être la marraine du nouveau-né.

— Il est fâcheux qu'elle n'ait pas pris cette bonne résolution avant la naissance du petit ; aujourd'hui, elle ne peut plus le devenir, puisque j'attends mon amie, qui doit être marraine. »

Quand Aline entendit ces paroles, elle se sauva dans la chambre de sa bonne, se mit à crier, à trépigner, se roulant à terre, et disant qu'elle voulait être la marraine de son petit frère, et qu'elle le serait.

« Jolie marraine, répondit Rosine, qui ne peut supporter une contrariété. Votre sagesse n'était guère solide, puisque vous ne savez vous soumettre aux volontés de votre mère. Elle fait bien de ne pas vouloir de vous... Bel exemple que vous donneriez à votre filleul en ce moment.»

Aline se leva vivement en entendant les reproches de sa bonne ; elle essuya ses yeux, rajusta ses habits, et, sans dire un mot, retourna s'asseoir près du berceau de l'enfant, en attendant l'heure d'aller au couvent.

Deux jours après cette colère, Aline tenait son petit frère sur ses genoux, avec l'aide de Rosine, quand le facteur apporta une lettre. Elle était écrite par cette future marraine, qui s'excusait de ne pouvoir venir pour la cérémonie du baptême, étant retenue près de son mari dangereusement malade. Elle priait la mère d'Aline de la faire remplacer pour cette cérémonie.

Rosine, présente pendant qu'on en faisait la lecture, regarda Aline en souriant.

« Madame, dit-elle à sa maîtresse, prenez Aline à la place de votre amie : elle est devenue vraiment bien sage ; moi, j'en suis très-contente depuis plus de huit jours.

— Si je croyais qu'elle continuât, répondit la mère, cela pourrait se faire.

— Oh ! maman, je vous en prie, prenez-moi pour marraine ; je vous jure que je resterai toujours sage. »

La mère, séduite par les promesses de sa fille, consentit à lui donner la place vacante de son amie. Il fut convenu qu'elle serait marraine de son petit frère.

Aline déclara vouloir lui donner le nom
d'*Alain*.

Pendant que la maman s'occupait de la toilette que sa petite fille devait porter dans ce
grand jour, Rosine l'instruisait de tout ce qu'il
fallait savoir ou dire en pareille circonstance :
réciter le *Credo*, ensuite s'engager à faire
connaître à son filleul les commandements
de Dieu et de l'Église, renoncer en son nom
à Satan, à ses pompes et à ses œuvres.

« Mais qu'est-ce que c'est que les pompes et
les œuvres de Satan ? » demanda la fillette.

Rosine expliqua que les pompes de Satan,
c'était l'amour des petites filles pour la pa-
rure, les belles robes, les beaux chapeaux ; et
les œuvres : la désobéissance, les colères, les
injures, la paresse ; et, pour y faire renoncer
son filleul, il fallait qu'elle y renonçât elle-
même.

Enfin ce grand jour du baptême arriva.

Aline était vêtue d'une robe blanche, et,
chose rare, elle n'avait réclamé ni rubans, ni
ceinture, ni bijoux. Sa figure paraissait sé-
rieuse, calme, reposée ; on n'y voyait plus
ce vilain air qui enlaidit tant de petites filles.
Avec son visage tout souriant, ses yeux fran-
chement ouverts, elle était charmante.

Ce fut d'un ton très-grave qu'elle répondit aux questions d'usage.

Le parrain, ami de la famille, l'ayant toujours vue désagréable, ne put s'empêcher de la féliciter de sa bonne tenue.

Aline regarda Rosine, qui tenait dans ses bras le nouveau petit chrétien. Ce regard voulait dire que la bonne fille avait beaucoup aidé à cette conversion.

A partir de ce beau jour, Aline devint un modèle de petite fille. Son filleul grandit en taille et en gentillesse, grâce aux bons soins et aussi aux bons exemples de sa petite marraine.

LA

BAGUE PERDUE

—

« Comme te voilà bien habillée! » disait
Mme Gaillard, femme d'un notaire de pro-
vince, à une petite fille de sept à huit ans
dont les parents habitaient sa maison et
qu'elle aimait à cause de sa gentillesse, et
aussi de sa jolie figure.

« Je dîne en ville avec papa et maman,
répondit la petite Félicie Gustin.

— Mais ta coiffure dépare ta toilette, ajouta
Mme Gaillard.

— Ah ! c'est qu'en jouant au jardin une
branche de rosier vient d'accrocher mon filet,
et en tirant j'ai défait mes nattes.

— Passons dans ma chambre, je les referai

et te mettrai à la place de ce ruban noir, qui n'est pas beau, un joli velours bleu. »

Félicie frappa dans ses mains en signe de joie, embrassa Mme Gaillard, qui l'emmena dans son cabinet de toilette, posa un peignoir sur la belle robe, et arrangea les beaux cheveux de la petite fille. Il en résulta une coiffure qui les rendit bien contentes toutes les deux.

Après cette opération, Mme Gaillard se lava les mains, et posa sur la tablette du lavabo une bague en diamant qu'elle ôta de son doigt pour ne point y mettre du savon.

Félicie, sans penser à mal, prit la bague et la mit à son doigt. Levant la main, elle la mirait et l'agitait devant une glace, pensant que cette belle bague accompagnait bien sa belle toilette.

Tout en sautillant et admirant le beau bijou, Félicie passa au salon, de là sur une terrasse, et de cette terrasse au jardin.

Voici qu'en remuant sa main, la bague trop grande quitta son doigt et sauta... où? qui le sait?

Félicie eut beau retourner le sable, secouer les feuilles, la bague ne se retrouva pas.

Que faire?... le plus simple eût été d'aller

bien vite avouer cet acte de simple étourderie, mais on se garde bien de faire le simple et l'uni. On croit se tirer d'un mauvais pas en inventant mille détours qui donnent beaucoup de peine et mettent presque toujours dans l'embarras les inventeurs.

Après avoir bien cherché dans sa tête un moyen pour ne pas dire la vérité, voici à quoi elle se décida.

Personne ne sait que j'ai pris cette bague, puisque Mme Gaillard tournait le dos. Si on m'en parle, je dirai que je n'ai rien vu. Ma bonne amie la laisse partout, sa bague; elle croira l'avoir perdue; ma foi, tant pis... je n'avouerai rien... on me punirait... je n'irais pas dîner en ville, et maman m'ôterait ma belle robe; c'est très-décidé, je ne dirai point ce qui vient de m'arriver.

Satisfaite de ce raisonnement, notre petite étourdie se remit à jouer, jusqu'au moment où sa mère l'appela de la terrasse où elle était avec Mme Gaillard.

Voici le moment grave, se dit la petite fille.

Aussi, tout le long d'une allée, se compo-sa-t-elle un visage d'un petit air délibéré.

« Ma mignonne, lui dit Mme Gaillard, as-tu

vu entrer Élisa, la petite bonne, dans ma chambre après t'avoir recoiffée, lorsque je suis allée me laver les mains?

— Non, Madame; étant descendue au jardin, je n'ai rien pu voir.

— Ma chère amie, dit cette dame à la maman de Félicie, c'est la petite bonne qui a pris ma bague... j'en jurerais presque. »

Ah! fit tout bas Félicie, enchantée au fond de la tournure que prenait cette aventure.

« Tu te souviens bien pourtant que je me suis lavé les mains.

— Oui, Madame, répondit la fillette, qui eut la gorge sèche à cette question.

— Eh bien, c'est alors que j'ai posé ma bague à côté de moi; j'ai oublié de la reprendre, et, quand je m'en suis souvenue, je suis remontée dans ma chambre, et j'ai rencontré cette petite Élisa près de la toilette. En me voyant entrer, elle est devenue plus rouge qu'une cerise, et a caché vivement ses mains sous son tablier. Lorsque je lui ai demandé si elle avait vu ma bague, elle s'est mise à pleurer sans vouloir me répondre. Je suis sûre que c'est elle qui l'a prise.

— Oh! le silence n'est pas une preuve certaine, chère amie, dit Mme Gustin.

« — Enfin, nous la connaissons à peine cette petite, il n'y a pas six mois qu'elle est ici, et, ce qui est indiscutable, c'est qu'elle seule est entrée dans ma chambre.

— Sa mère est une bonne femme, et on n'a eu qu'à se louer d'Élisa depuis qu'elle est ici, ajouta encore Mme Gustin.

— Mais alors pourquoi est-elle devenue si rouge quand je l'ai questionnée? N'est-ce pas, Félicie, que tu crois que c'est Élisa qui a pris ma bague? »

Félicie baissa la tête et répondit cependant : « Oui.

— Vous le voyez, la vérité sort de la bouche des enfants.

— Mais Félicie dit n'avoir rien vu; comment voulez-vous qu'elle sache la vérité?

— Enfin, c'est égal, je suis convaincue que cette petite bonne est coupable, et je vais la renvoyer chez sa mère. Mon mari, si je lui raconte la perte de ce bijou, qui vient de son aïeule, sera très-contrarié, et voudra la faire mettre en prison; ce sera fort désagréable, je préfère la renvoyer.

— L'avez-vous encore interrogée? ajouta Mme Gustin.

— A quoi bon, puisqu'elle ne veut rien répondre? Qui ne se défend pas s'avoue coupable. Je n'en puis tirer que des larmes.

— Avez-vous cherché sous les meubles? Êtes-vous sûre d'avoir posé cette bague dans le cabinet de toilette?

— Demandez à Félicie, qui l'a vu; n'est-ce pas, mignonne?

— Oui, Madame.

— Vous voyez bien; allez, je suis décidée; elle partira. »

La pauvre petite bonne, n'ayant pour défense que ses larmes, prit à la hâte ses effets et partit honteuse, désolée, sans dire un mot pour se justifier.

Félicie, je dois l'avouer, souffrait bien pendant ces débats. D'un mot elle aurait pu innocenter la petite bonne; mais avouer après avoir nié lui sembla trop difficile. Elle laissa partir cette jeune fille accusée de vol. Pendant plusieurs nuits Félicie se réveilla en sursaut. Une fois même, elle rêva que sa bien innocente victime lui mettait au cou la fatale bague, qui se resserrait et l'étranglait.

Quelques mois se passèrent sans amener d'autres incidents.

Un matin, Mme Gustin dit à Félicie : « Voilà que tu vas avoir huit ans, il est temps de te préparer à recevoir le sacrement de pénitence. Il faut bien chercher dans ta conscience ce que tu as fait de mal depuis que tu es en âge de raison, et avoir du regret de tes fautes, comme tu en ressens quand tu penses m'avoir fait de la peine. Sans repentir et sans réparation, point de pardon. »

Félicie se prépara donc à cette grande affaire. Elle eut comme un vague soupçon que l'aventure de la bague ne se passerait pas en douceur; aussi était-elle très-émue en s'agenouillant dans le confessionnal, pour dire tous ses petits péchés au vicaire de la paroisse.

Le prêtre, en questionnant sa jeune pénitente, devina bien qu'il se cachait dans les replis de ce jeune cœur quelque faute grave; en interrogeant adroitement il apprit tout.

« Ah! mon enfant, lui dit le confesseur, vous avez pu laisser accuser cette innocente bonne, quand, d'un seul mot, vous pouviez la justifier! Allez, ma fille, par un aveu bien sincère, réparer le mal que vous avez fait. Après, vous reviendrez pour que je vous bénisse. Vous ne pourriez faire votre première communion, si vous ne répariez pas ce dommage causé à votre prochain. »

Félicie promit d'avouer sa faute, mais elle pleurait beaucoup de honte et de remords. Lorsqu'elle sortit tout en larmes du confessionnal, sa mère, bien étonnée, lui demanda ce qu'elle avait.

Hélas! il fallut bien le dire.

Jugez combien cette mère en fut affligée.

En rentrant, Félicie alla faire humblement l'aveu de sa faute à Mme Gaillard.

Tout le monde dans la maison l'apprit, plaignit la pauvre petite bonne, et blâma la vraie coupable. Son chagrin seul inspira quelque pitié.

Mme Gaillard partit le jour même pour aller chercher Élisa, qu'elle ramena dans la maison sans avoir voulu même attendre qu'elle eût changé d'habits.

L'accusation de vol portée contre cette petite servante avait été sue dans son village, et lui avait porté préjudice. Elle ne trouva pas d'autre place; la plus grande misère accabla les deux pauvres créatures, la mère et la fille.

Élisa revint dans la maison de Mme Gaillard, qu'elle avait quittée comme une coupable, vêtue d'une robe toute rapiécée, et ses pieds nus dans de gros sabots.

La seule chose répréhensible qui l'avait

troublée si fort, et dont elle fit l'aveu, lorsque M⁰ᵉ Gaillard la trouva dans son cabinet de toilette, c'est qu'elle venait de se laver les mains avec le savon parfumé de sa maîtresse.

A l'arrivée d'Élisa, Félicie courut à elle, l'embrassa et lui mit dans la main quatre belles pièces d'or de vingt francs.

« Tiens, lui dit-elle, avec cet argent tu t'achèteras des bas de laine, des souliers et une bonne robe. Cette somme, je la destinais à m'acheter un manchon, et je veux me priver pour toi que j'ai laissé accuser; il est bien juste que je te dédommage du tort que j'ai pu te faire. »

On chercha dans le sable du jardin, et on eut le bonheur de retrouver la bague quelque peu ternie.

Un bijoutier la rendit brillante, et le confesseur de Félicie rendit l'âme souillée de sa pénitente plus pure et plus belle que le diamant égaré.

Félicie apprit pour toute sa vie, par cette aventure, que la fausse honte entraîne beaucoup d'autres fautes qu'un aveu sincère pourrait éviter.

MANON

« Tiens, qu'est-ce qu'ils regardent, tous ces gens rassemblés, voisine?

— Oh! c'est un homme qui bat son âne, et un passant qui veut l'en empêcher.

— Gardez ma boutique et mes légumes, je *vas* aller voir ce qu'il y a.

— Mère, laissez-moi vous suivre.

— Allons, viens. »

La mère et le fils s'approchèrent, firent une trouée dans la foule, et virent deux hommes se disputant, un pauvre âne velu, boîteux, sanglant, meurtri, soufflant avec bruit.

« Pauvre âne! dit le petit Jacques.

— Quelle chétive bête! fit la mère en soulevant les épaules d'un air de compassion.

— Je vous dis, moi, criait le maître de cet

âne en si piteux état, que vous êtes plus bête
que cette vieille bourrique que je mène à
l'équarrisseur, de vous apitoyer sur son état;
d'abord elle va mourir, et puis je suis bien
maître de la battre, puisque je suis maître de
la faire tuer.

— Non, non, mille fois non, criait tout
aussi fort l'autre personnage; il vous est dé-
fendu de faire souffrir vos animaux domestiques, depuis qu'un homme de bien a fait
passer aux chambres une loi qui se nomme
la loi Grammont. Toute créature qui inflige
un mal quelconque à un animal, est con-
damnée à une amende, ou va en prison.

— Ah! voilà qui est fort, répliqua l'autre
en riant; essayez de me faire mettre en prison parce que j'ai battu une vieille bourrique qui me coûte plus qu'elle ne vaut, et
vous serez malin, vous, le défenseur des
ânes.

— Vous pouvez la tuer, mais pas la faire
souffrir et la frapper sans motif.

— Sans motif! ah! il y en a des motifs,
et de gros encore. Un de mes amis me l'em-
prunta, l'autre jour, pour conduire sa femme,
infirme, dans son pays; au lieu de la tenir
enfermée à l'écurie, ils l'ont laissée vaguer à

l'aventure, et la bête m'est revenue enflée, poussive ; ça m'a encore coûté trois francs pour l'avoir menée au vétérinaire ; sa peau ne vaut pas seulement trente sous. Ma foi, ça me met en rage d'avoir jeté mon argent par les fenêtres.

— Est-ce sa faute à cette bête?

— Enfin, tout ça ne regarde que moi. Je comprends que si je caressais les côtes de ma femme avec du bois vert, on me cherchât noise ; mais quand il s'agit de ma bourrique, ah! c'est trop fort. Laissez-moi suivre mon chemin, sans vous mêler de ce qui ne vous regarde pas, l'ami.

— Non point, vous ne partirez pas ; j'ai envoyé chercher un sergent de ville ; justement le voici qui accourt, et nous allons bien voir si vous avez le droit de faire mourir votre bête de somme sous le bâton.

— Ah! oui, nous allons voir ça. »

Le sergent de ville se fit expliquer la chose, et étonna fort le propriétaire de la pauvre bourrique, en lui dressant procès-verbal.

« Ah! par ma foi, s'écria-t-il après l'avoir entendu, j'ai quarante ans passés, mais jamais, au grand jamais, je n'aurais pu croire que des hommes de bon sens aient pu avoir

des idées aussi baroques. Je vous demande
un peu, plaindre et s'intéresser à cette vieille
haridelle que je mène à l'abattoir, ah! c'est-y
drôle!

— Mais regardez donc la pauvre bête comme
elle tremble; voyez son sang qui coule partout, criait l'autre homme.

— Allons, dit le gardien de la paix, qui
achevait de prendre ses notes, pas tant de
discours, suivez-moi chez le commissaire.

— Faut-il amener la bourrique aussi?

— Non, ça n'est pas la peine, je vois bien
que vous l'avez battue; on va la mettre en
fourrière.

— Attendez; comme je ne sais qu'en faire,
je *vas* la vendre ici, aux enchères, ça ne sera
pas long; ça m'évitera la peine de la conduire
à l'équarrisseur et ça sera aussi plus drôle.
Voyons, qu'est-ce qui veut de sa peau, et
quelques os dedans pour... voyons... trente
sous? criait l'homme d'un ton goguenard.

— Ma mère, dit Jacques en serrant vivement sa main qu'il tenait dans la sienne, voulez-vous que j'achète cette pauvre vieille bourrique?

— Eh! pourquoi faire, grand Dieu!

— Pour la laisser mourir de sa belle mort.

Ah ! que ça me fait donc de la peine de la voir souffrir ! »

Et le petit Jacques, le cœur bien gros, se détourna pour essuyer une larme de compassion.

« Mais où veux-tu la mettre cette bête ?

— Dans le bûcher où vous serrez la petite voiture qui vous servait autrefois à vendre des légumes dans les rues. »

Pendant que la mère et le fils causaient à voix basse, la foule, en riant, poussait l'enchère, qui était à trois francs.

« Trois francs, criait le maître, qui en veut ? Fouillez vos poches, éventrez vos porte-monnaie ; ça en vaut la peine.

— Trois francs dix sous, cria un amateur.

— Quatre francs, » dit Jacques en élevant sa main, et tout bas il glissa à sa mère : « J'ai cinq francs quatre-vingts centimes dans ma tire-lire ; laissez-moi enchérir jusque-là.

— Quatre francs cinquante, reprit un homme.

— Cinq francs, fut-il crié.

— Hélas, dit Jacques, je n'ai plus que seize sous ! mais je les risque, et il cria : cinq francs dix sous.

— Cinq francs cinquante, répéta le maître

de l'ânesse; une fois, deux fois, à cinq francs dix sous; personne ne dit mot? Adjugé. Que celui qui a dit cinq francs dix sous s'avance, pour que je lui livre sa marchandise.

— C'est moi », s'écria Jacques tout joyeux.

On fit place au bonhomme et à sa mère. Jacques donna la somme en question au milieu des rires, puis prit la longe, entourant le cou pelé de la bête, et entraîna son emplette chez lui.

« Eh! dit un loustic, c'est pour faire du saucisson, la mère, que votre fils vient d'acheter cette belle ânesse?

— Mais non, dit un autre, tu ne devines pas, elle fera un tambour à son mioche avec la peau.

— Vous n'y êtes point, répliqua la bonne femme en regardant tristement ces gouailleurs, je veux la laisser mourir de sa belle mort sur une bonne botte de paille fraîche. »

Les rieurs, attrapés, se turent, et la foule, remuée par ces paroles, s'écarta pour livrer passage à ce trio, sans rire davantage.

Jacques et sa mère firent entrer l'ânesse dans la cour; la bonne femme débarrassa une espèce d'écurie, tandis que son garcon allait chez le grainetier acheter une botte de paille.

Il en avait sa charge, ce vaillant petit cœur, et il la traînait autant qu'il la portait. L'ayant étalée, il y conduisit la bête, qui s'y coucha sur le flanc.

« Elle est bien malade, la pauvre malheureuse, dit Jacques en pleurant.

— Elle va mourir, c'est certain, » répondit sa mère.

L'enfant alla prendre une feuille de chou dans la boutique de fruiterie, et la tendit à l'ânesse; mais elle la regarda d'un air mélancolique sans y toucher.

« Si nous lui faisions boire de l'eau de son? insinua Jacques.

— Tiens, tu as une bonne idée, petit. »

Aussitôt dit, aussitôt fait. La bonne femme mit du son dans un linge, le mouilla, et le versa ensuite dans un seau d'eau, qu'elle présenta à la vieille bourrique. Celle-ci releva la tête, et but tout ce qu'il contenait.

« *Faut* lui laver maintenant ses plaies, reprit Jacques.

— Lavons-les, ça calmera toujours ses souffrances. »

A l'aide d'une vieille éponge, et avec infiniment de précautions, notre bonne fruitière humecta bien le sang coagulé, puis ensuite y fit couler du suif. Ce pansement sembla soulager cette pauvre bête, car, se redressant et pliant ses jambes sous son ventre, elle parut moins languissante.

« On dirait qu'elle va mieux, dit Jacques.

— Va, mon pauvre enfant, fais-en ton deuil, demain elle sera morte; il n'y a rien autre chose à tenter pour sa guérison. »

La bonne fruitière ferma la porte du bûcher et, suivie de son fils, rentra dans sa boutique.

Le lendemain, au petit jour, Jacques s'empressa d'aller voir si la bourrique était tout à fait morte. Eh mais, il la trouva sur ses pieds, proche d'une planche où il y avait des choux et des salades. Elle venait d'attirer discrètement une feuille et la mangeait modestement. L'enfant, bien heureux, appela sa mère pour qu'elle vînt jouir de ce tableau.

« Eh bien! la voilà revenue de loin ta bourrique! J'en suis toute saisie! Va vite lui chercher une botte de foin; je crois que ça coûte dans les quinze sous. »

Jacques prit de l'argent, courut acheter la provende, et aussitôt en plaça quelques poignées devant cette ressuscitée, qui se prit à la manger d'un grand cœur. Il lui donna après, pour boire, de l'eau de son, pansa ses plaies, et, armé d'une brossse, procéda à sa toilette.

« Ton bon cœur, mon petit Jacques, te portera chance ; tu peux voir qu'elle prend de la mine, et que tu rentreras dans tes déboursés. Quand ses plaies seront guéries, on la vendra au moins dix francs, je t'assure.

— Vous voulez donc la vendre, ma mère?

— Mon enfant, nous l'avions achetée pour la laisser mourir en paix ; mais, si elle ne veut pas mourir, que penses-tu que nous en puissions faire? Qucique sobre, un âne, cependant, ça mange ; une botte de foin ne lui fera pas plus de trois jours. Mais je te promets de la garder jusqu'à sa parfaite guérison. »

Elle guérit, la vieille ânesse, mais ne croyez pas, cependant, qu'elle embellit beaucoup. Ah! mais non! Son poil long, frisé, ses grandes oreilles pendantes annonçaient bien des misères ; ses jambes pelées, ses yeux chassieux, ne la rendaient pas attrayante ; mais elle était si bonne personne, si patiente et si résignée qu'elle se faisait aimer malgré sa laideur.

Un matin, pendant que la fruitière était à la halle, Jacques tira de l'écurie la petite voiture qui servait autrefois à sa mère, quand son mari vivait, pour vendre des légumes dans les rues. Il y attacha l'ânesse, qu'il nommait amicalement *Manon*.

Manon, donc, se prêtait de bonne grâce à la fantaisie de son jeune maître. Deux cordes attachées avec adresse, rassemblées dans les mains du petit, servaient de guides; une ficelle au bout d'un bâton formait le fouet. Notre bonhomme, installé dans la charrette, gouvernait cet attelage tout autour de la cour.

« Eh! que fais-tu là? demanda sa mère en revenant du marché, et le trouvant en cet équipage.

— Je me promène en voiture.

— Et l'école, et le catéchisme? Vois-tu, petit, je *vas* m'empresser de vendre la Manon, car elle t'empêcherait de faire ta première communion. Tu perds tout ton temps avec elle.

— Allons, ma mère, ne me grondez pas, je la remets en son écurie, et je cours à l'école. »

Voilà qu'en déjeunant avec son fils, la mère Blanchet lui dit :

« J'ai bien envie de faire *pour de bon* ce que tu faisais, ce matin, en jouant avec ta Manon.

— Quoi donc, mère ?

— Eh ! lui acheter un harnachement, et la mettre, comme tu l'as fait, à la petite voiture, pour rapporter mes légumes des halles ; justement mon porteur est malade.

— Oh ! la bonne idée, mère ; vous verrez qu'elle est encore solide, Manon, et bien courageuse, toute vieille qu'elle est.

— Il ne faudrait pas beaucoup la charger, car elle est toujours enflée quoique ayant bon appétit.

— On peut toujours essayer, et si elle vous rend des services, dites, ma mère, on pourra la garder ?

— Oui, jusqu'à ce qu'elle crève, ce qui ne sera pas long, je crois. »

La mère Blanchet alla, suivie de Jacques, conduisant Manon par une longe, chez un bourrelier, qui vendit à bon marché un vieux harnais à sa taille. Pourvue de tout ce qu'il fallait, la bête fut mise à la voiture, et ce trio de bonnes créatures partit pour les halles. Manon trottait assez bien ; mais aussi Jacques, tout le long du chemin, lui tenait des discours où la tendresse se mêlait à des explications sur les lieux et les choses.

« Tiens, lui disait-il, voilà un baudet guère

plus grand que toi, et qui traîne uue voiture trop chargée, et encore son maître est dessus, un gros fainéant qui pourrait marcher. Tout à l'heure, par exemple, en revenant du marché, tu auras une bonne charge; mais sois tranquille, aux endroits difficiles je pousserai. »

A ces discours et à beaucoup d'autres Manon ne souffla mot; elle baissait seulement l'une ou l'autre oreille; je n'ai jamais su si c'était en réponse aux paroles du garçonnet.

La mère Blanchet, grâce à sa voiture, acheta ce jour-là double provision de légumes, et utilisa la bête de somme. Il y eut bien un peu de tirage pour la pauvre bête; mais, ainsi que Jacques lui en avait fait la promesse, aux montées il poussa, et tira aux endroits pénibles. Malgré ce renfort, Manon, en arrivant dans son écurie, se coucha sur sa litière, tant elle était essoufflée et haletante.

Jacques conseilla à sa mère d'aller chaque jour à la halle, pour y prendre les légumes de la journée; de cette façon Manon ne serait pas aussi chargée, et alors, moins fatiguée, elle pourrait durer plus longtemps. La mère Blanchet voulut bien encore essayer de ce moyen.

Dès le lendemain elle partit la première, Jacques fit manger et boire sa bête avant de l'atteler. En chemin, il choisit les rues les mieux pavées, et le côté qui était à l'ombre, la retenant par la bride dès qu'elle bronchait; bref, il la surveilla et la soigna de son mieux. Lorsque sa mère eut placé ses provisions sur la voiture, elle rentra en grande hâte à sa boutique, laissant Jacques et sa bourrique revenir au tout petit pas.

Hélas! malgré tant de précautions et de ménagements, Manon, en arrivant à son écurie, haletait quoiqu'elle fût moins chargée, ce qui fit augurer à la bonne fruitière que sa monture n'irait pas loin.

Jacques, à force de prières, obtint que sa mère la laisserait mourir en paix.

La bête, pendant quelques semaines, se reposa; Jacques fit sa première communion, et, l'espace de deux semaines, il ne fut point question d'aller à la balle.

Manon, en reprenant sa voiture, était plus enflée que jamais; quoique ayant cependant bon appétit, ses jambes semblaient plier sous elle.

« Vois-tu, dit la mère Blanchet à son fils, un jour qu'ils revenaient tous les trois du marché, j'ai pitié de cette pauvre bête, il ne faut plus la sortir de son écurie; nous la nourrirons comme nous pourrons jusqu'à sa fin, ce ne sera plus long.

— Tenez, mère, si je ne buvais plus de vin, s'écria Jacques inspiré, ça ferait une économie de trois sous au moins.

— Tu peux même dire quatre, ajouta sa mère.

— Eh bien! voici qui est convenu : entends-tu, Manon? Je me passerai de vin pour te nourrir comme une duchesse, à rien faire. »

Je ne sais si cette promesse piqua d'honneur notre bourrique, mais elle trottait presque allègrement ce jour-là.

En passant dans une rue, à la suite d'une montée un peu rude, le petit Jacques laissait souffler Manon quand il vit un charretier frappant son cheval, attelé à une voiture de gravois, d'une façon si brutale que le pauvre animal en tremblait.

« Oh! le méchant homme! s'écria Jacques en parlant à Manon, comme il frappe cette pauvre bête! Voulez-vous pas lui donner des coups de pieds, mauvais, cruel que vous êtes! » disait-il à cet homme.

Celui-ci regarda ce petit être qui prenait

la défense de son cheval, et, dédaignant de lui répondre, recommença du fouet et du soulier à frapper la bête, qui ruisselait de sang.

« Ah ! si ce bon M. Grammont voyait ça, criait Jacques, il ferait joliment fourrer au poste ce méchant homme. S'il y avait seulement par là un sergent de ville, je lui montrerais ce pauvre cheval. Attends-moi, Manon, reste bien tranquille, j'en vois un là-bas, je cours le chercher. »

Et Jacques, laissant sa charrette sous la garde de Dieu, se mit à courir après un gardien de la paix.

« *M'sieu*, venez vite, il y a là-bas un charretier qui bat son cheval ; la pauvre bête est tout en sang : je lui ai dit de finir ses méchancetés, il n'a pas voulu seulement m'écouter. Empêchez-le, vous, s'il vous plaît. »

Le sergent de ville suivit le petit garçon, qui le guida vers l'homme. Celui-ci, fou de colère contre ce pauvre cheval qui n'en pouvait mais, venait d'ouvrir son couteau et en piquait la malheureuse bête affolée, dont le corps frémissait d'effroi.

L'homme de la paix posa la main sur l'épaule du charretier, lui donna l'ordre de le suivre au poste, et de là en fourrière. Notre Jacques, bien content de son intervention charitable à l'endroit de la race chevaline, s'empressa de revenir vers sa Manon. Mais de quel saisissement fut-il pris lorsqu'en arrivant à la rue où elle devait être, ainsi que sa voiture, pleine de légumes, il ne vit ni l'une ni l'autre ! Il remplit l'air de ses cris, et les passants s'attroupèrent afin d'apprendre la cause d'un si violent désespoir.

« Ma bourrique ! je l'ai laissée là, tout à l'heure, après sa voiture, criait-il d'une voix lamentable !... Ma bourrique ! où est-elle ? »

Le même sergent de ville qui était allé conduire au poste le charretier qui frappait son cheval, revenant à sa faction, perça la foule pour interroger notre garçon, qu'il reconnut.

« Cours dans cette rue en face, dit-il, moi je vais courir d'un autre côté ; le voleur ne peut encore être loin. »

Ces paroles donnèrent des ailes au petit Jacques. Deux ou trois hommes, cinq ou six gamins, plusieurs sergents de ville, s'éparpillèrent dans les rues adjacentes, et ce voleur d'ânes fut bientôt repris. Il s'était installé sur la petite carriole, activant du fouet et de la voix la pauvre Manon poussive.

Jacques fut remis en possession de son attelage, tandis que le voleur allait au poste expliquer sa conduite en cette circonstance.

Vous devinez d combien de caresses le
cœur tendre du petit Jacques accabla la Manon. Il ne pouvait se lasser de l'embrasser,
tout en lui débitant des discours affectueux.
Revenu à sa maison, il la bouchonna bien,
et obtint de sa mère quelques carottes, qu'il
donna à son ânesse comme dédommagement
de l'émoi qu'elle venait d'éprouver, en se
voyant en des mains étrangères et malmenée
par ce voleur.

Il avait été convenu entre la mère et le fils
que Manon ne traînerait plus la voiture, et
Jacques, n'ayant pas besoin de se lever matin, savourait quelque peu la douceur de son
lit.

Un jour, la mère Blanchet venait de partir
pour la halle quand il se leva. Après avoir
fait sa toilette (Jacques était un petit garçon
fort soigneux), il alla panser Manon. Il entra
en hésitant, car, la veille, elle lui avait paru
très-malade, et il craignait de la trouver
morte.

Manon était debout. Jacques s'approcha,
mais que vit-il près d'elle?... Un joli petit

ânon tout velu, se tenant tout gauche sur ses jambes, tandis que sa mère, l'oreille basse, semblait honteuse d'avoir introduit ce nouvel hôte en ce logis.

Jacques, éperdu, suffoqué, appela une voisine, qui accourut à ses cris, nu-pieds et en jupon, croyant le feu à la boutique de la mère Blanchet. Son étonnement égala celui de Jacques, quand elle vit ce petit ânon teter sa mère, la Manon, comme n'ayant fait autre chose de sa vie.

Mais ce fut la mère Blanchet qui resta ébaubie, lorsqu'en revenant du marché elle vit ce nouvel hôte en son écurie. Tout le quartier sut bientôt la nouvelle, et vint voir cette vieille ânesse et son joli petit ânon, né comme par miracle.

Manon reprit vie; sans doute la joie d'être mère lui donna des forces; toujours est-il qu'elle avait meilleure façon. Ses oreilles ne pendaient plus inertes; elle regardait son petit d'un air tendre qui la rajeunissait. Quant à Jacques, il était fou de joie. Vous pouvez juger par la tendresse qu'il portait à Manon de ce qu'il ressentait pour ce petit rejeton, le plus joli du monde, d'un gris de souris, les quatre pieds blancs, le museau aussi, les coins de

sa bouche et de ses naseaux, du rose le plus
tendre, un collier de poil noir comme de la
suie, avec ça deux petits yeux malins comme
tout.

« Maintenant que nous sommes à la tête
d'un troupeau d'ânes, nous voilà bien, dit la
mère Blanchet. La Manon va avoir grand appétit, et croquera la botte de foin en deux
jours; il lui faudra aussi de l'avoine afin de la
rafraîchir, presque un demi-picotin de sept
sous; neuf et sept, si je sais bien compter, ça
fait seize, et ça fera un grand vide dans notre
bourse. Peste! voilà une charité pour les bêtes
qui nous coûtera gros! Nous voulions laisser
cette bourrique mourir en paix, et voici qu'au
lieu d'une mort nous avons une naissance, et
ce nouveau-né, bien gentil du reste, devient
diantrement embarrassant. »

Pendant ce discours, Jacques allait de l'une
à l'autre bête, caressant par-ci, flattant par-
là, sans doute pour faire passer l'amertume
des réflexions.

Quelques jours après cette naissance, Manon, raccrochée à l'existence, paraissait toute
ragaillardie. Tout lui semblait bon : trognons
de choux, feuilles de salade, épluchures de
légumes, croûtes de pain. Quant au rejeton,

les mamelles de sa mère lui suffisaient de reste.

« Ma foi, puisqu'elle tortille si bien la provende, ta Manon, dit un matin la mère Blanchet, ça doit lui donner du cœur à la besogne ; attelons-la, et en route pour la halle ; il faut que j'achète des fruits.

— Et le petit ? demanda Jacques.

— On le laissera à l'écurie ; il est assez grand, et peut se passer, pendant quelques heures, de sa mère. »

Manon ne semblait pas de cet avis, et pendant qu'on l'attachait à la voiture elle tournait sa tête vers l'écurie, d'un air piteux, et, sans la reconnaissance, elle eût regimbé peut-être.

On partit, mais à peine à cent pas, Jacques et sa mère entendirent des sauts précipités, des bonds rapides. Ils se retournèrent et virent le petit ânon, qui avait dû sortir par une fenêtre, franchir une claire-voie pour rattraper sa mère. Ses gambades marquaient sa joie. Manon, radieuse et fière de sentir son petit près d'elle, prit un pas accéléré tandis que son bourriquet folâtrait à ses côtés.

« Eh bien, ma foi, qu'il suive, dit la

fruitière, nous ne serons pas longtemps dans notre course, vu le trot de Manon. »

En effet, ils ne restèrent pas plus d'une heure. A peine avait-on réintégré les bêtes à l'écurie, qu'une femme entra dans la boutique de la mère Blanchet et demanda une tasse de lait d'ânesse pour sa maîtresse, malade de la poitrine. Venant d'apprendre que Manon avait eu un petit, elle sollicitait un bol de lait comme un grand service.

Après bien des pourparlers et des explications, la fruitière se décida à traire Manon, et, en échange de cette tasse de lait, la femme donna un franc, retenant, pour les jours suivants, même quantité du lait de la mère bourrique. On donna un peu de son mouillé à l'ânon, lequel ne pâtissait point. Et si la mère Blanchet eût voulu le vendre, on lui en offrait soixante francs.

Mais, comme cette petite bête était une femelle, la mère Blanchet se décida à la garder pour traîner la voiture à la place de Manon dont le lait se vendait très-bien. Cette dame qui la première en fit usage envoya de ses connaissances, et bientôt il s'en vendit de dix à douze francs par jour; aussi ne fut-il plus question de se défaire ni de Manon, ni de sa fille, résolution qui remplit de joie notre petit Jacques.

Un matin, en allant panser ses ânesses, il trouva la petite couchée sur le flanc. Le jeune garçon appela sa mère.

« Cours dans la rue de Calais, dit celle-ci, tu verras sur une maison un tableau avec des vaches, des chevaux, des chiens; c'est l'enseigne d'un vétérinaire, amène-le. »

Jacques prit sa course et, après un quart d'heure, ramena un homme qui examina la petite bête malade, et dit :

« Ça ne sera rien; vous allez lui faire boire du vin chaud sucré, et demain il n'y paraîtra plus; mais il faudrait la mettre au vert.

— Qu'est-ce que cela? demanda Jacques.

— C'est un pré.

— Ah! mais il n'y en a pas dans notre cour.

— Je le pense bien; va de ma part, près des fortifications, chez un homme qui a un troupeau d'ânesses, tu le prieras de mettre la tienne avec les siennes. »

Le vétérinaire donna au jeune garçon un mot d'écrit pour l'ânier, ensuite aida la mère Blanchet à administrer le vin chaud et sucré à la petite ânesse, qui, après l'avoir avalé, fit mille sauts, puis s'endormit paisiblement.

Le lendemain, Jacques conduisit la fille de Manon au logis indiqué, et, après lecture du billet dont le jeune garçon était porteur, l'ânier consentit à prendre avec son troupeau cette petite bête malade, à la condition que Jacques la mènerait au pré tous les matins, et viendrait la reprendre à la nuit; ce que celui-ci fit bien régulièrement pendant trois semaines. Un soir, en soupant avec sa mère, il lui dit :

« Vous voulez que je choisisse un état? Eh bien! j'en ai trouvé un qui me convient beaucoup; il n'est ni long ni difficile à apprendre.

— Quel est-il? demanda sa mère.

— Marchand de lait d'ânesse; l'homme qui garde la petite de Manon dans son pré n'en a pas d'autre, et il gagne de fameuses journées avec le lait de ses ânesses. Il m'a dit qu'il me prendrait, si vous vouliez, pendant six mois, et qu'après j'en saurais autant que lui. »

La mère goûta fort ce petit discours, et avec d'autant plus d'attention qu'elle tirait un bon prix du lait de Manon; même plusieurs personnes lui avaient conseillé d'acheter d'autres ânesses, et de se donner à ce seul commerce. Elle alla donc causer avec l'ânier, qui lui confirma ce qu'il avait dit à son fils.

La mère Blanchet prit des arrangements avec lui, et ils convinrent du temps qu'il passerait à soigner ses ânesses.

Jacques fut revêtu du costume traditionnel : cotte bleue, tablier blanc, fouet en main.

Après six mois d'apprentissage, Jacques revint chez sa mère, qui vendit son commerce de fruiterie pour acheter quatre ânesses ; avec Manon et sa fille, cela fit six bêtes à lait d'un bon produit et d'un grand rapport.

On entendit alors chaque matin notre petit Jacques faisant claquer son fouet, et ses ânesses agitant leurs sonnettes. De ses courses, notre petit ânier rapportait à sa mère de vingt à trente francs.

Comme ces braves gens étaient polis, honnêtes, complaisants, leur commerce de lait d'ânesse prospérait.

Cinq ans après, Manon devint infirme. Jacques, qui avait été obligé de prendre un aide, soignait lui-même sa vieille bourrique, hachait menu le foin qu'il lui donnait, parce que ses dents étaient devenues mauvaises, lui choisissait la litière la plus fraîche, et pour boisson lui préparait de l'eau de son.

Enfin, ce bon Jacques vit approcher la fin

de sa chère Manon ; l'expérience qu'il avait acquise de ses bêtes lui apprit que, pour cette fois, elle allait mourir.

Il passa deux nuits auprès d'elle à humecter sa langue et à la frictionner doucement. La pauvre bête regardait son jeune maître d'un œil languissant, et paraissait contente de le voir. Enfin elle fut secouée par une convulsion, se leva d'un bond, tourna sur elle-même, puis retomba.

Manon était morte !

Jacques pleura et regretta sa vieille ânesse. Achetée dans le but charitable de la laisser mourir tranquille, elle était devenue la source du bien-être de ces deux bons cœurs, la mère Blanchet et son fils.

LISON

—

Deux familles d'amis, très-unies, demeuraient dans une même maison aux Champs-Élysées. Plusieurs enfants peuplaient ces intérieurs : quatre garçons et deux filles. Ce sont ces deux dernières qui fourniront au présent récit.

Hélène de Beaubois et Thérèse Laborde, du même âge à un mois près, ne se quittaient guère : même costume, même éducation ; on les eût prises pour sœurs, sauf la différence de leurs personnes : l'une brune, grande, forte ; l'autre blonde, frêle, mince, fluette ; Hélène, une fille décidée, audacieuse ; Thérèse, douce, craintive, timide à l'excès. Il va sans dire que la brunette dominait dans ce duo amical.

Hélène et Thérèse suivaient des cours, accompagnées par Florentine Mathieu. Celle-ci, grande, grosse et rousse, Irlandaise, était femme de confiance chez Mme de Beaubois ; confiance qu'elle méritait bien : froide, calme, silencieuse, elle savait se faire craindre et aimer, chose rare, de tous les enfants, même des collégiens, race, comme on sait, peu maniable ; mais quand elle regardait son public de ses petits yeux noirs comme des pruneaux, on en était tout interloqué, surtout si on se sentait quelque méfait peser sur la conscience.

Hélène et Thérèse menaient une vie fort active. Levées dès six heures, hiver et été, elles allaient entendre la messe, ensuite se mettaient au travail, toujours sous la surveillance de Florentine : l'été dans un pavillon au fond du jardin qui entourait la maison ; l'hiver dans une façon de rotonde éclairée par en haut. A onze heures elles déjeunaient, chacune chez elle, passaient une heure avec leur mère, et allaient ensuite au cours jusqu'au dîner. Quand il y avait du monde, on les faisait manger dans une petite salle particulière, et ces jours-là marquaient comme jours de fête, surtout quand leurs frères étaient de la partie.

Un matin, leurs devoirs achevés, Hélène et Thérèse jouaient dans le jardin du côté des cuisines, quand elles entendirent des cris d'enfant. Guidées par cette voix en détresse, elles pénétrèrent dans une petite serre, près de l'office, et virent assise, sur un tapis, une petite fille qui paraissait avoir cinq à six ans.

Dès qu'elle vit entrer les deux amies, la pleureuse s'arrêta et regarda, tout étonnée, celles qui l'examinaient d'un air non moins surpris. De belles boucles de cheveux blonds ondulaient autour de sa tête, un teint frais, de mignonnes fossettes en ses joues, des dents blanches et bien alignées, certains petits yeux bleus, doux et malins à la fois, faisaient d'elle une petite fille jolie et charmante.

« Qui es-tu, petite? dit Hélène.

— Je suis Lison, répondit l'enfant d'une voix douce.

— Pourquoi pleures-tu?

— Parce que je voudrais que maman vienne.

— Où est-elle, ta maman?

— Elle lave la vaisselle et nettoie les légumes à la cuisine.

— Eh bien! va la chercher ta mère, puisque tu le désires.

— Je ne peux pas; je suis infirme, voyez. »

Et la petite montra ses jambes minces et des genoux énormes.

« Pauvre enfant! dit Thérèse.

— Ah! oui, fit Hélène; veux-tu que j'aille chercher ta mère, moi?

— Oh! je le veux bien, parce qu'ici il y a de gros rats qui me font peur; ils grignottent mes pieds déjà!

— Mais pourquoi n'es-tu pas dans la cuisine avec ta mère? demanda Hélène.

— Parce que le chef dit que ça lui fait de la peine de me voir infirme.

— Ta mère vient tous les jours ici?

— Mais oui.

— Et toi, viens-tu aussi?

— Oh! non, ma mère me laisse souvent à la maison.

— Toute seule?

— Oui; mais il n'y a pas de rats.

— Qu'est-ce que tu fais?

— Je joue sur mon lit, donc.

— Avec une poupée?

— Non, je n'en ai plus; mon père, sans le faire exprès, a marché sur la mienne.

— As-tu des frères, des sœurs?

— J'ai deux frères et une petite sœur en nourrice; quand elle en reviendra, je ne resterai plus seule toujours, et je serai contente.

— Mais tes frères?

— Ils vont à l'école, ne rentrent que le soir, et ne veulent jamais jouer avec moi.

— Reste là un moment, dit Hélène à Thérèse, je vais aller chercher sa mère. »

Hélène se mit à courir, et revint peu après pour dire que la mère de la petite était allée faire une course.

« Tu ne peux pas du tout marcher? demanda Thérèse.

— Non; mais, je vous en prie, ne me laissez pas seule ici; les rats me mangeront.

— Attends, je sais bien ce que je vais faire, » s'écria Hélène.

Et, reprenant sa course, elle disparut pour revenir peu après portant un petit fauteuil de jardin en osier.

« Nous allons l'asseoir là, et nous l'emporterons avec nous, dit-elle à sa compagne.

— Ah! oui, c'est cela; ça va être bien amusant. »

Toutes les deux soulevèrent la petite in-

firme qui riait, la placèrent sur ce siége, et,
prenant chacune un bras, la transportèrent
dans leur pavillon, tout en riant comme de
petites folles.

« As-tu faim? demanda Thérèse.

— Oh! non, pas encore.

— Tiens, voilà des pastilles de chocolat. »

La petite grignotta les bonbons tout en
regardant avec étonnement chaque objet autour d'elle.

« Savez-vous que c'est bien beau ici? dit-
elle.

— Ça n'est donc pas si beau chez toi? répliqua Thérèse.

— Oh! mais non. »

En ce moment Florentine entra et regarda
cette petite, sans rien dire, suivant son habitude.

« Nous avons trouvé cette enfant dans la
serre, et, comme elle a peur des rats, nous
l'avons portée ici, dit Hélène. N'est-ce pas que
nous avons bien fait?

— Oui, répondit la gouvernante; je vais
avertir la mère que sa fille est là... on doit la
chercher. »

Dès que Florentine fut sortie, Hélène fu-
reta dans un cabinet servant à serrer les jou-

joux, et revint avec une poupée qui avait servi, mais qui était encore fort belle.

« Tiens, dit-elle à Lison, voilà pour remplacer celle que ton père a écrasée.

— Oh! la belle poupée! s'écria la petite, devenant toute rouge de plaisir; je pourrai l'emporter chez moi?

— Mais oui, je te la donne; tu en feras ce que tu voudras.

— Oh! quel bonheur! elle est bien plus belle que celle que j'avais, et puis elle se déshabille. »

Et Lison, prestement, dévêtit sa poupée et la revêtit très-adroitement, tout en l'embrassant et la serrant dans ses bras.

« Ah! voilà ma mère! s'écria-t-elle, je l'entends parler. »

En effet, Florentine amena une grande femme à l'air doux, qui dit aux deux amies d'un ton timide :

« Je vous remercie bien, mes bonnes demoiselles; on m'a dit que ma petite Lison criait.

— Oui, répondit Hélène, elle était mal placée là où vous l'aviez assise.

— C'est bien vrai, ma bonne demoiselle;

mais ça contrarie le chef quand ma pauvre Lison est dans sa cuisine.

— Il est dur, le chef!... Eh bien! quand vous amènerez votre fille, nous la garderons; n'est-ce pas, Thérèse?

— Oh! je le veux bien, dit Florentine; cela peut-il se faire?

— Oui; mais quand vous irez au cours, qu'en fera-t-on?

— Sa mère viendra la prendre, et nous la rendra lorsque nous rentrerons. Voulez-vous, Madame, demanda-t-elle à la mère de Lison?

— Oui certes, mes chères demoiselles; je vous la rapporterai dès que vous me le ferez dire. »

Cela se fit suivant le programme des deux amies. En rentrant du cours, elles envoyèrent chercher Lison, que sa mère porta assise sur son petit fauteuil, et elles allèrent la promener dans tout le jardin, presque jusqu'à l'heure du dîner, moment où Hélène et Thérèse rentrèrent chacune chez elles.

Lison resta sous la surveillance de Florentine et de la femme de chambre dans le pavillon.

Voici qu'au dessert Thérèse ne toucha pas à une douzaine de belles cerises, mises sur son assiette par sa mère, pas plus qu'à deux petits gâteaux glacés.

« Pourquoi ne manges-tu pas ce que je t'ai servi? demanda Mme Laborde.

— C'est pour Lison, répondit la fillette.

— Qu'est-ce que Lison?

— Une petite infirme que nous avons trouvée, avec Hélène, dans la serre.

— Que me dis-tu là! Vous avez trouvé une petite fille dans la serre?

— Oui, maman.

— Et qui l'avait mise là?

— Sa mère, une laveuse de vaisselle; il y a de gros rats dans cette pièce; elle avait peur et criait; alors nous l'avons prise avec Hélène et portée sur un petit fauteuil dans notre pavillon.

— Voilà une singulière histoire, dit Mme Laborde. Allez me chercher Florentine, ajouta cette dame au domestique qui servait, que je sache ce que cela signifie. »

Celui-ci alla prévenir la gouvernante, laquelle entra peu après, et expliqua à sa maîtresse ce qui en était.

« J'aime bien que nos fillettes aient bon cœur; mais vous direz au chef que sa dureté aurait pu amener un malheur; les rats sont voraces et la pauvre petite était à leur merci par son infirmité. Cette pensée me fait frémir ! Laissez nos filles s'occuper de cette malheureuse ; veillez à cela, Florentine, je compte sur vous pour qu'elles n'aillent pas trop loin.

— Soyez sans crainte, Madame.

— Emporte du dessert pour Lison, et mange ce que tu as sur ton assiette, dit Mme Laborde à Thérèse ; tout à l'heure nous irons voir votre protégée.

— Oh ! vous verrez, maman, comme elle jolie et avisée. »

Thérèse quitta la table et rejoignit Hélène. Toutes les deux accoururent au pavillon. Lison, en les voyant entrer, frappa des mains et s'agita toute joyeuse Mmes de Beaubois et Laborde vinrent aussi, et les deux fillettes leurs firent les honneurs de Lison.

« Voyez, disait Thérèse, comme elle a de beaux cheveux.

— Et de charmantes petites mains, continua Hélène, et de jolis bras bien gros, bien frais.

— C'est vrai, dit Mme Laborde ; on croirait que son corps a pris toute la vigueur de ses jambes. Il faudra lui faire une robe, à votre protégée, ajouta-t-elle ; la sienne est bien minable.

— Dès demain, répondit Hélène ; nous avons projeté cela avec Thérèse. En revenant du cours nous achèterons de l'étoffe, et aussi du calicot pour lui faire des chemises.

— Il faudra veiller à ce qu'elle soit propre, dit Mme de Beaubois en s'adressant à Florentine.

— Je vais la rapporter à sa mère, qui doit bientôt s'en aller, et je lui recommanderai de la baigner demain. »

Hélène et Thérèse embrassèrent leur protégée, qui partit dans les bras de Florentine, emportant dans les siens la poupée que les bonnes demoiselles lui avaient donnée.

Le lendemain, au retour de la messe, Hélène et Thérèse trouvèrent Lison installée en son fauteuil dans le pavillon. Elle fit fête à ses aimables protectrices, et leur montra sa poupée couchée sur un petit matelas de sa façon. Elle conta que sa mère l'avait mise dans de l'eau bien chaude pour laver ses bras, ses cheveux et ses jambes. Elle en aurait conté bien longtemps encore ; mais Florentine lui dit qu'il fallait se taire afin de laisser écrire les demoiselles.

Lison, obéissante, tira de sa poche un petit chiffon, une aiguille enfilée et se mit gravement à coudre. La gouvernante remarqua avec plaisir que cette pauvre petite infirme possédait une grande agilité dans ses petits doigts potelés et pointus. Elle se promit de lui apprendre la couture, afin qu'elle s'en fît une ressource pour gagner sa vie, malgré son infirmité.

Les deux aimables fillettes, ayant achevé leurs devoirs, taillèrent, faufilèrent robe et chemises, et ensuite se mirent à coudre. Pendant ce travail, Lison eut la permission de parler. Seulement, quand elle disait ce qui n'était pas à dire, Florentine levait un doigt et aussitôt l'enfant se taisait, d'où la gouvernante conclut que Lison était dressée à l'obéissance et à la crainte.

Hélène et Thérèse eussent voulu travailler sans s'arrêter ; mais Florentine modéra cette ardeur de travail en envoyant jouer les petites demoiselles. Elles emportèrent avec elles au jardin Lison dans son fauteuil, ce qui amusait fort celle-ci, mais ce qui fatigua bientôt nos jeunes filles.

« A long aller petit fardeau pèse, dit Florentine ; courez **un** peu, je vais garder votre protégée. »

Nos deux amies prirent leur volée, et Lison les regarda faire d'un air tout triste.

Quelques jours plus tard, Lison eut une bonne et belle robe, bien ajustée à sa taille, un jupon tricoté, une chemise blanche, un tablier blanc également. Elle était gentille à croquer avec ses beaux cheveux brillants comme l'argent, formant autour de sa figure comme une auréole. Les jeunes demoiselles en raffolaient ; la petite les adorait ; c'était vraiment un charmant trio. Florentine avait réglé toutes choses, et cela allait le mieux du monde. Lison était installée au pavillon, où elle restait jusqu'au déjeuner. Sa mère alors venait la chercher, et la gardait tout le temps que nos jeunes demoiselles passaient au cours. A part l'heure du dîner, elles ne la quittaient plus, lui apprenaient à lire, à écrire, à coudre, à tricoter ; en outre, son catéchisme et ses prières.

Un matin, en revenant de la messe avec leurs mères, Hélène et Thérèse, allant faire des emplettes, traversèrent le passage *Delorme*. Les deux fillettes virent chez un marchand de joujoux, où ces dames choisissaient des jeux de dominos, de ces jolies petites voitures si commodes pour mettre les enfants. Nos deux amies les examinèrent, en firent même rouler une.

« Il nous la faudrait, dit Hélène, pour promener notre Lison dans le jardin ; elle serait plus commode que le petit fauteuil.

— Oh ! que ce serait gentil, répondit Thérèse, et comme cela l'amuserait ! mais elles doivent être bien chères ces voitures.

— Monsieur, demanda Hélène au marchand, de quel prix est cette petite voiture bleue ?

— Quatre-vingts francs, Mademoiselle ; en voici une rose dont le prix est moins élevé.

— Oui ; mais la bleue est plus étroite et serait plus facile à rouler dans les petites allées du jardin.

— Nous pourrions la prendre, si elle te plaît, dit tout bas Thérèse à son amie ; mais combien avons-nous d'argent ?

— Quarante-sept francs.

— Eh ! mon Dieu ! qu'avons-nous fait de notre mois ? c'est seulement le 14 aujourd'hui !

— Dame, et l'étoffe, et le calicot, et la boîte de crayons pour pastel, et les coquillages, et le papier glacé.

« — Oh! c'est vrai ; mais, si nous avions pu prévoir que cette jolie voiture nous ferait envie, nous aurions pu nous passer de toutes ces fantaisies inutiles pour la plupart.

— C'est toujours ainsi ; nous faisons beaucoup de beaux projets d'économie quand notre argent est dépensé ; maintenant il faut attendre, pour nous donner cette voiture, que le premier du mois arrive.

— Ou bien emprunter.

— Eh! mon Dieu, à qui donc?

— A ma bonne maman.

— Ta bonne maman n'est pas prêteuse ; c'est là son moindre défaut.

— C'est bien mal à propos de placer ici la fable de la Fontaine.

—Allons! remettons cette emplette au mois prochain , économisons nos quarante - sept francs, cela fera toujours la moitié de la somme. »

Et nos fillettes, en rentrant, emportèrent leur Lison dans son fauteuil, tout au fond du jardin, sous un magnifique berceau de vignes et de plantes grimpantes, où elles s'installèrent pour travailler.

Un matin, la mère de Lison, en venant la porter aux jeunes demoiselles, avait les yeux

rouges, et la petite infirme elle - même paraissait triste.

« Qu'as-tu, Lison? demanda Hélène quand
la mère fut sortie ; tu ne ris pas, ce matin

— Oh! il ne faut pas rire, répondit la petite,
maman a un gros chagrin !

— Quoi donc?

— Le propriétaire est venu ce matin, et il
a pris une grosse voix pour dire : Payez-moi
les termes que vous me devez. Ma mère a bien
pleuré, et l'a prié de prendre patience, parce
que papa a été malade tout l'hiver ; mais il
veut que nous partions ; c'est triste, allez,
parce qu'il retiendra la moitié des meubles. »

Nos deux jeunes filles devinrent pensives et
se regardèrent d'un air consterné.

« Combien cela pourrait - il coûter deux
termes? demanda Thérèse à son amie.

— Oh! je n'en sais absolument rien ; il faut
consulter Florentine ; elle seule peut nous ren-
seigner. »

Florentine, questionnée, répondit que deux
termes cela pouvait faire de trente à quarante
francs.

Hélène courut au meuble qui renfermait la
bourse commune... il y avait quarante - deux
francs.

« Si nous payons les termes, dit-elle, il
ne nous restera que deux francs; ce n'est pas
lourd! Cependant, si on renvoie cette pauvre
famille, que deviendra-t-elle?

— Et la petite voiture? ajouta Thérèse
d'un air piteux.

— C'est un caprice, fit Florentine, l'autre
une bonne œuvre.

— C'est vrai; mais comment donner l'argent à cette pauvre femme? moi, je n'oserai
jamais, dit Hélène.

— Je crois, continua Thérèse, qu'il vau
drait mieux que Florentine allât payer c
deux termes, sans dire d'où cela vient.

— Tu as raison; tiens, Florentine, voilà
nos quarante francs; va vite chez ce méchant
homme, donne-lui ce qui lui est dû, afin qu'il
ne renvoie pas les parents de notre Lison. Si
nous avions une maison à nous, elle y serait
logée pour rien. »

La gouvernante s'empressa de satisfaire les
bonnes jeunes filles, et revint, peu après, portant les quittances.

Nos fillettes les mirent sous enveloppe et les
envoyèrent à la mère de leur protégée.

« Maintenant, dit Thérèse, qu'il ne nous
reste que deux francs, il faudra fermer

3*

les yeux devant toute espèce de bibelots; car avec nos quarante sous nous ne ferions pas grande figure.

— Te repens-tu d'avoir secouru cette pauvre famille?

— Oh! mais non; quand on fait la charité, il faut que cela prive; autrement on n'aurait aucun mérite.

— Tu as raison. »

Le lendemain, Mme de Beaubois et son amie Mme Laborde, assises dans le jardin, virent approcher la mère de Lison, qui, après les avoir saluées, tira d'une enveloppe deux quittances de loyer, et les montrant à ces dames, leur dit :

« Je devais deux termes à mon propriétaire, et, ne voulant plus attendre, il devait me renvoyer en retenant mes meubles. J'étais bien tourmentée! Nous en parlions sans cesse avec mon mari; sans doute que Lison aura conté mon chagrin à vos bonnes demoiselles; car, hier, j'ai reçu mes deux quittances dans une enveloppe; je pense que ce sont elles qui ont payé le propriétaire. Je ne voudrais pas que vous pussiez supposer que j'ai voulu exploiter ces bons petits cœurs en leur faisant dire ma peine par ma fille.

— Montrez l'enveloppe, dit Mme Laborde, et nous saurons si ce sont elles. »

L'enveloppe examinée, Mme Laborde reconnut l'écriture de Thérèse.

En ce moment les deux amies arrivèrent près de leurs mères.

« C'est donc vous qui avez payé le propriétaire des parents de Lison ? demanda Mme Laborde.

— Oui, mère, répondit sa fille ; la petite nous a dit qu'on allait les renvoyer, et cela nous a tant fait de peine, que nous avons chargé Florentine d'aller chez cet homme si dur retirer les quittances de la pauvre famille.

— Je vous remercie, mes bonnes demoiselles, dit la mère de l'infirme ; vous m'avez rendu un bien grand service ; seulement, je suis honteuse que Lison ait parlé de cette affaire ; aussitôt que mon mari reprendra son travail je vous rendrai cette somme.

— Ne vous occupez pas de cela, dit Mme de Beaubois, et attendez que vous ayez quelques avances. »

La bonne femme remercia de nouveau, puis se rendit à sa besogne journalière, et nos fillettes rejoignirent leur Lison.

Ce même jour, un marchand vint leur apporter une gentille voiture d'enfant, plus belle, plus légère que celle du passage Delorme. Enchantées, elles y installèrent la petite infirme, et l'une tirant, l'autre poussant, allèrent montrer à leurs mères ce joli cadeau.

« Mais, qui donc a pu nous envoyer cette voiture? » disait Hélène.

Les mamans se mirent à rire, et avouèrent que cette surprise venait d'elles.

« Mais comment avez-vous su que nous la désirions ?

— En écoutant ce que vous disiez chez le marchand de joujoux, et en apprenant que vous n'aviez pas assez d'argent pour faire cette emplette. Et maintenant que vous avez tout donné, vous en seriez bien plus empêchées.

— Ah! c'est vrai ; car il ne nous reste plus que quarante sous !... Nous avions un peu gaspillé notre argent, et il est bon que nous soyons gênées.

— Il faut établir votre budget au commencement du mois, faire une bourse des pauvres, et ne jamais l'attaquer pour des fantaisies. »

Nos deux fillettes suivirent cet avis et s'en trouvèrent bien.

Plusieurs années se passèrent sans amener d'événements.

Lison, qui était tout à fait chez ses deux protectrices, restait toujours la moitié d'une belle fille; mais, ce qui valait mieux, elle devint une bonne fille tout à fait : adroite, vive, ses doigts agiles savaient faire une foule de jolis travaux.

Thérèse et Hélène ne la traînaient plus dans la petite voiture, usée, du reste, par un service fréquent.

On lui avait donné deux béquilles, dont elle se servait pour aller de sa chaise à son lit ou même au pavillon, en y mettant de la patience et du temps.

Un jour, la mère de Lison ne vint pas l'embrasser, comme elle en avait l'habitude dès qu'elle arrivait à sa besogne journalière.

Voici la pauvre infirme bien inquiète.

Un domestique, envoyé aux informations, revint peu après annoncer que cette femme, prise d'un mal subit, ne pouvait se lever; il l'avait trouvée sur son lit, n'ayant près d'elle pour la soigner que sa petite fille Désirée, âgée de six ans.

Mmes Laborde et de Beaubois s'empressèrent d'aller voir la malade, prise si gravement qu'on dut la porter à l'hospice. Les deux dames déclarèrent se charger de Désirée tout le temps que sa mère serait hors de sa maison. Les frères de Lison, étant en apprentissage, pouvaient, à la rigueur, rester avec le père et se passer de leur mère ; mais la petite sœur devenait un embarras.

Désirée ressemblait fort à Lison, sauf qu'elle avait le libre exercice de ses jambes, bien lestes, je vous assure.

Elle devint une nouvelle amusette pour les demoiselles, qui auraient bien voulu la garder toujours et l'élever comme Lison ; mais les mamans firent comprendre qu'il fallait laisser à cette femme l'une de ses filles. Cependant elles leur permirent de s'en occuper et de la recevoir quand sa mère l'amènerait.

Hélène et Thérèse donnèrent donc des leçons à la petite, mais ne s'en emparèrent pas exclusivement comme de sa sœur.

Lison fit sa première communion. Ce fut une cérémonie touchante. Vu son infirmité, on la porta dans un fauteuil à la sainte table ; ses deux jeunes maîtresses communièrent avec elle.

Hélène et Thérèse, qui s'étaient chargées de la préparer à cette action sainte, s'en étaient tirées à leur honneur. La petite infirme, bien pénétrée de cet acte, paraissait toute en Dieu.

Quelques jours après, Lison témoigna le vif désir de faire une neuvaine à Notre-Dame-des-Victoires, afin d'implorer sa guérison.

Les deux bonnes demoiselles en parlèrent à leurs mères, qui consentirent à l'y faire porter en voiture, pendant neuf jours.

Hélène et Thérèse accompagnèrent Lison.

Florentine, comme toujours de la partie, l'aidait à se placer sur ses béquilles au sortir de la voiture. Guidée, aidée, soutenue par les deux amies, la petite infirme allait ainsi jusqu'à l'autel privilégié.

La neuvaine finie, confiantes en la bonté de la sainte Vierge, en la puissance de Dieu, elles attendirent la guérison.

Lison faisait des efforts surhumains pour seconder la grâce.

Trois ans se passèrent sans la décourager. Elle avait quinze ans; ses chères maîtresses vingt et un. A la fin d'un été très-chaud, Hélène fut atteinte de la variole, et lorsqu'elle entra en convalescence, ce fut au tour de Thérèse d'être prise par cette maladie.

Lison soigna ses deux chères maîtresses

avec un dévouement extrême, ne les quittant ni le jour ni la nuit, allant de l'une à l'autre, déplorant plus que jamais son infirmité, qui ne lui permettait guère de célérité dans sa marche.

Thérèse, atteinte plus gravement que son amie, fut aussi plus longue à se remettre et garda longtemps une grande faiblesse. Plusieurs fois le jour, elle se mettait tout habillée sur son lit.

Un matin, Hélène était allée se promener en voiture. Thérèse resta à la chambre, tandis que Lison, assise près de la fenêtre, tenait compagnie à la convalescente, tout en travaillant activement. Thérèse, à moitié assoupie, se souleva, étendit le bras et prit une tasse pleine de tisane, chauffant à la douce chaleur d'une veilleuse. Après avoir bu quelques gorgées, elle reposa la tasse et se rendormit de nouveau.

Lison, par hasard levant la tête, vit une flamme courant sur les rideaux qui, sans doute, avaient pris feu à la veilleuse. En quelques secondes cette flamme enveloppa entièrement le lit de Thérèse dormant toujours.

Lison, terrifiée, cria à l'aide, au secours;

puis d'un bond, s'élançant sur les rideaux, les arracha violemment, tira la jeune fille hors de ce feu, et, la prenant dans ses bras, la traîna dans une autre pièce.

Thérèse était sauvée, mais tout brûlait dans sa chambre, tandis qu'elle n'avait aucune brûlure.

Lorsque ce grand émoi fut calmé, on vit avec étonnement Lison allant et venant par la chambre, sans gêne et sans béquilles.

Chacun alors de la regarder et de crier au miracle. On la questionna et elle raconta ceci :

« Quand je vis ma chère demoiselle entourée de flammes, je fis un effort violent pour courir à son secours. Il se produisit alors comme un craquement dans mes genoux, et je courus jusqu'à son lit comme si j'eusse marché toute ma vie, sans penser à autre chose qu'à la sauver. »

Le médecin arriva en ce moment, et ne trouva à l'état actuel de Lison rien que de très-naturel. Il parla du développement des muscles sous l'action d'une vive émotion.

Mais Lison, ses jeunes maîtresses et leurs mères, y virent l'effet de la neuvaine. Aussi allèrent-elles placer une plaque commémorative à l'église tant vénérée des Petits-Pères.

Lison a toujours conservé le libre usage de ses jambes. Je ne puis pas dire qu'elles soient aussi agiles que celles de sa sœur Désirée, mais elles lui permettent de se mouvoir avec adresse.

Présentement Lison est femme de chambre de Thérèse, laquelle est mariée. Entre la maîtresse et la suivante, il y a un échange d'amitié : d'une part, confiante et entière; de l'autre, dévouée et respectueuse.

On élève Désirée pour être femme de chambre d'Hélène, qui vient d'épouser le frère aîné de sa chère Thérèse.

FIN

TABLE

—

7820. — Tours, imp. r. Mame.